Magnolia Express

© Christophe Thibierge

Image : Pixabay
Photo auteur : CT – DR

Tous droits de reproduction, d'adaptation et de traduction, intégrale ou partielle, réservés pour tous pays. L'auteur est seul propriétaire des droits et responsable du contenu de ce livre.

Christophe Thibierge

Magnolia Express

Roman

Pour Adeline,
Où qu'elle soit.

Première partie :

Prélude en Fugue

Le vieil homme et la rivière

Chaque matin, le vieil homme passe devant ma maison. La brume se lève à peine, la rivière est encore tranquille, glacée comme un miroir et transpercée çà et là par quelques roseaux pointus. Il suffit que je descende vers la berge, l'herbe me chatouille les pieds, que le ciel soit gris ou bleu, pour entendre le bruit de son vieux moteur, comme une horloge qui ferait Touk, Touk, Touk, Touk. Quelquefois je me suis fait un café, et je descends avec ma grande tasse serrée dans les mains, d'autres fois j'ai juste les poings au fond des poches, les yeux plissés à attendre l'apparition de son vieux bateau au tournant de la rivière. Il passe chaque matin, pour aller pêcher plus bas, vers la mer, on se fait juste un signe, ça nous suffit pour la journée. Et quand la vie est triste, quand tout est lourd et sans saveur, j'aime bien le voir glisser doucement vers la mer. Il ne pourra rien m'arriver tant que le vieil homme passera chaque matin devant ma maison.

Aline me dit que ça ne sert à rien, elle ne comprend pas et souvent elle me jette un oreiller à la tête quand je me lève. Ça fait partie du rite, et même si elle me rate souvent, j'aime bien qu'elle m'envoie son oreiller à la tête. Les matins où elle reste à bouder, j'attrape un de ses pieds nus, et elle le retire sous la couette en faisant Ouuuuuh, et elle émerge doucement sous ses cheveux tout décoiffés.

Café brûlé

Quand on a échangé un signe, le vieil homme et moi, je remonte dans la chambre avec ma tasse de café. C'est du bon café brûlé, et l'odeur embaume tout l'escalier et la chambre. Je m'assieds à nouveau dans le lit, et j'attends que l'odeur chatouille les narines d'Aline, j'attends qu'elle se retourne en faisant Mmmmmgrmff vers ma grande tasse de café. J'adore la regarder qui se soulève, et qui me lance un regard peu amène, des cheveux dans la figure et le nez chiffonné. Moi je me contente de prendre un air détaché, de humer mon café d'un air innocent en regardant au plafond. Ça n'est pas de ma faute si j'aime bien me lever tôt le matin, et le café quand il a une chaude odeur de bois.

Bob

Au moment où nous descendons, les champs commencent à être ensoleillés, et une fumée de vapeur monte de la terre, les arbres sont encore endormis, on entend juste quelques oiseaux. De temps en temps, quand on a de la chance, on voit un renard qui traverse l'herbe en trottinant et qui rejoint vite la haie dans l'ombre. Je l'ai appelé Bob.

Je me souviens de la première fois qu'Aline a vu Bob. C'était au petit matin, je ne la connaissais que depuis la veille et je ne savais pas encore comment elle dormait, ce qu'elle aimait comme café, ce qu'elle pensait du Président Nixon, enfin tout quoi. Nous dégustions notre café brûlé, les yeux dans les yeux, je regardais les paillettes dorées dans les siens, et les petits plis de sourire autour. Je la regardais froncer le nez, plonger dans sa tasse à la recherche des dernières gouttes, et puis soudain elle s'est immobilisée, le regard fixé derrière moi, vers la fenêtre de la cuisine. Je me suis retourné juste pour voir le panache de Bob disparaître dans le fourré.

- c'est Bob le Renard, lui ai-je dit. Pour expliquer.

Repas d'affaires chez les oiseaux

Chaque matin, quand nous avons fini de boire le café, Aline s'étire sur sa chaise, se lève et met les grandes tasses dans l'évier, puis fait couler dessus de l'eau chaude, un petit nuage de vapeur monte vers la fenêtre.

Les oiseaux connaissent bien l'heure, et quand je sors pour secouer la nappe, ils atterrissent juste sur les dalles de la terrasse. Certains se posent à la fin d'un long vol plané, en battant rapidement des ailes, puis sautillent vers moi d'un air affairé. J'aime bien ce moment-là, à déchaîner une petite fête avec ma nappe de coton à carreaux. Par derrière, j'entends les cling, cling d'Aline qui finit, le soleil commence à fabriquer des ombres, et la rivière se devine derrière une rangée d'arbres, un peu plus bas. Quelquefois, je reste avec ma nappe qui pendouille, à écouter et regarder. Au bout d'un moment, j'entends qu'on pousse le battant de la porte derrière moi, et deux bras doux se nouent autour de ma taille. Je sens son visage appuyé contre mon dos, elle écoute aussi et je n'ose plus bouger.

Ça fait déjà longtemps que les oiseaux sont partis travailler.

(avant)
Tout sauf Joe Schlabotnik

Je m'appelle Aline, et il y a un mois je voulais acheter un livre, mais je n'avais pas d'idée, je voulais juste lire un livre. C'est toujours très difficile de trouver ce genre de livre, on a l'impression qu'on embête les libraires, ils ne savent pas du tout quoi vous proposer. Alors je suis descendue vers le centre-ville, en essayant de trouver une librairie que je n'avais pas encore essayée, mais je ne me faisais pas d'illusions : on allait encore me poser plein de questions, tout ça pour se retrouver avec le dernier roman de Joe Schlabotnik, « tout le monde m'en dit du bien, vous verrez vous allez aimer ». Alors moi je veux bien, je prends le livre, je le paye et je le lis, mais ça n'est jamais le livre que je cherchais.

J'attendais le signal lumineux pour traverser la rue, quand j'ai vu une petite librairie un peu plus loin sur la droite, de l'autre côté de la rue, il y avait marqué LIBRAIRIE en jaune au-dessus de la devanture, et quelques étalages devant, avec des livres rangés sagement. J'essayai de voir à l'intérieur, mais il ne semblait y avoir personne. Pourtant quand j'entrai, je le vis, accroupi devant une étagère, en train de noter quelque chose sur un cahier.

Caletown

Après le petit déjeuner, il faut se préparer pour aller en ville, parce que la librairie doit ouvrir comme tous les matins, sinon les gens s'inquiéteraient. Les fois où je n'ai pas ouvert la librairie le matin, il y en a qui viennent me voir le lendemain, et ils ont l'air ennuyé : « Vous n'avez pas ouvert, hier matin ? ». Alors j'essaie de les rassurer, parce que c'est vrai que c'est gênant, il ne faut pas causer de mauvaises surprises aux gens qui aiment les livres.

Aussi ce matin je pousse un peu Aline qui se brosse les dents, et je dis C'est sûr que ce serait mieux si on habitait au-dessus de la librairie, comme ça on pourrait l'ouvrir et puis retourner petit-déjeuner, et puis on installerait une sonnette et il y aurait marqué « Si vous voulez un livre, vous n'avez qu'à sonner ». Mais Aline me répond en secouant la tête (elle a encore de la mousse dans la bouche), puis elle dit A Caletown, on ne verra plus Bob, et puis c'est bien ici, et les oiseaux qu'est-ce qu'ils mangeront ?

Oui, c'est vrai. Aline a souvent raison, parce qu'elle voit des choses que je ne vois pas, comme Bob ou les oiseaux. J'aime bien Aline, on tombe toujours d'accord.

Alors je vais faire chauffer la camionnette, et puis on part. Ce matin, c'est à moi de conduire.

(avant)
Deux livres et demie d'inconnu

- Bonjour Monsieur, voilà je cherche un livre.
- Ça tombe bien, parce que j'en vends. Si on a de la chance, j'ai peut-être votre livre ?
- Ben oui, j'espère, parce que je l'ai souvent cherché, mais à chaque fois on m'en donne un autre...
- Ah bon...
- ... Mais je ne veux pas le dernier livre de Joe Schlabotnik, parce que ça n'est pas celui-là.
- Ah bon...

Il me regardait en souriant, et puis il s'est relevé en fermant son cahier, il était un peu plus grand que moi. Il continuait à sourire alors j'ai dit Je veux un livre à lire vous comprenez, et tous les libraires me posent des questions et à la fin ils me vendent un livre qui n'est pas du tout ce que je cherchais. Il hochait la tête d'un air sérieux, il faisait une petite moue, il avait l'air de chercher.

- Bon, me dit-il, c'est un peu embêtant...
- Vous n'avez pas ce genre de livre ? (Déjà, je me préparais à partir, c'est quand même énervant).
- Si, si, mais j'en ai plusieurs différents, alors je ne sais pas...
- Ah...

- Écoutez, je peux vous les prêter, et puis vous m'achèterez celui qui vous plaît ? Je suis désolé, normalement je donne des conseils et les gens sont contents. Ça ne vous embête pas que je vous les prête ?

- Non pas du tout, mais ... (il souriait) ... Qu'est-ce qui vous dit, enfin, je veux dire, je pourrais ... (il souriait) ...

Il se tourna légèrement, attrapa deux ou trois livres sur l'étagère du haut. Enfin, deux livres normaux et puis un petit qui n'avait pas encore fini de grandir. Deux livres et demi.

Libellule

Pendant qu'Aline s'installe, je nettoie vite le pare-brise de Libellule, c'est ma camionnette. Je le fais rapidement, en surveillant Aline parce que temps en temps elle me pique ma place et j'ai perdu mon tour de conduire. Non, ce matin, elle farfouille juste dans la boite à gants, et elle pêche sa paire de lunettes fumées, un truc qui lui cache tous les yeux, on se demande comment elle fait pour voir à travers. Elle a mis un T-shirt clair et on voit ses bras bronzés et elle me regarde et je souris, allez c'est bon, il est propre ce pare-brise, de toute façon on connaît bien la route, Libellule et moi.

Comme d'habitude, Libellule refuse de démarrer d'abord, on dirait qu'on la réveille, et je sens qu'Aline sourit, parce qu'elle, elle n'a jamais de problème, elle est bonne copine avec Libellule. Dans ces cas-là, je prends un air sérieux en donnant des petits coups d'accélérateur, allons, allons, dépêchons-nous, voyons, pas d'enfantillages.

VROUM, VROUUUUM, Vroummmmm...

La main d'Aline vient juste se poser sur ma nuque comme un petit animal, et je fais attention aux cahots, pour ne pas effrayer cet oiseau-mouche que je sens tout chaud, palpitant. Pourquoi aller chercher plus loin ?

L'aigle de la route

J'ai toujours aimé rouler, en voiture, en camionnette, à moto. Je me souviens, quand j'avais quatorze ans j'avais acheté une mobylette avec mes économies, évidemment c'était pas le dernier modèle, et tous les garçons du quartier, ils me prenaient cent mètres dès le feu vert, et puis ils se croyaient en sécurité, ils ne savaient pas que l'Aigle de la Route était derrière eux. Dès qu'on avait une ligne droite un peu longue, je n'avais même pas besoin de la pousser, ma mob les rattrapait doucement, ils ne se doutaient de rien avec leurs pétrolettes couleur rose bonbon. Et puis tout à coup, leurs cheveux se hérissaient, et ils se courbaient vite sur le guidon, espérant m'échapper. Mais on n'échappe pas à l'Aigle de la Route sur son Speedster Compensé, voilà ce qu'il en coûte de se croire infini. Je les dépassais l'air dégagé, les yeux fixés loin devant, sur une trajectoire enfin digne de moi et bientôt je n'entendais plus que le ronflement du Speedster, tandis que leurs plaintes s'envolaient dans le vent, tout ça c'était déjà du passé.

Je me souviens avoir téléphoné chez moi, le jour où on m'a volé mon Speedster, j'avais couru partout autour du collège, il ne restait plus que l'antivol rouge vif.

- Manman...

- Qu'est-ce qu'il y a, tu vas bien ? Dis-moi, il ne t'est rien arrivé ?

- Manman...

- Pourquoi as-tu cette voix, ô mon dieu, mais dis-moi ce qui s'est passé, est-ce que tu es encore entier ?!
- on m'a volé le Speedster...
- le quoi ?
- ... ma mob...

Je n'y peux rien, je m'attache très vite. J'aurais aimé présenter le Speedster à Libellule, ils se seraient bien entendus, et Aline en aurait fait un copain.

Alors je regarde souvent dans la rue, si je ne vois pas le Speedster. Un jour, peut-être, je le retrouverai. J'espère.

(avant)
Les loups et les hommes

Alors je suis rentrée avec ces deux livres et demi sous le bras, j'étais plutôt embêtée, j'aurais préféré acheter un livre et puis voilà. Quand je suis sortie de la librairie il souriait toujours gentiment, puis il s'est penché à nouveau vers l'étagère du bas.

Quelques blocs plus loin on voyait une devanture avec des étalages de fruits, je me suis acheté une pomme verte et une pomme rouge, et je me suis assise sur un banc à côté. Il y avait juste un petit souffle de vent, et on entendait un peu de musique dans une maison en face, là où un rideau bleu ciel bougeait doucement à une fenêtre. J'ai croqué dans la pomme verte en ouvrant le premier livre et j'ai commencé à lire, dans ces cas-là on ne sait pas du tout ce que ça va être, et puis après on ne se souvient plus de rien, on se laisse juste entraîner, il y a des livres bien, et puis il y a les autres, jusqu'à la dernière page on attend ou on espère.

Le livre s'intitulait « Les loups et les hommes » (j'aime bien les loups) et il commençait comme ça : « Dans un système écologique, les prédateurs ne peuvent jamais être plus nombreux que leurs proies, sous peine de mourir de faim rapidement. La régulation cyclique des espèces (un être naissant prend la place d'un être mort) assure la survie harmonieuse de chaque groupe : dès qu'un point d'équilibre est rompu entre prédateurs et proies, on assiste à un mécanisme de régulation. L'une des espèces se développe jusqu'à un nouveau seuil d'équilibre, ou bien se réduit, faute de nourriture. L'observation d'une pyramide alimentaire permet de comprendre qu'il existe un équilibre naturel entre chasseurs et proies ».

En fait, je devais m'en apercevoir, ça n'était pas un livre sur les loups, enfin pas ceux auxquels je pensais.

Mississippi River

Quand on arrive à la librairie, il est encore assez tôt, le soleil découpe des triangles de lumière sur les façades et les rues sont plutôt vides. Mais le temps que j'ouvre la porte, que je sorte les étalages et qu'on passe un coup de balai, on dirait que les gens se sont donné un signal, ils sortent tous dans la lumière et passent devant la vitrine, comme un fleuve. La rue était une rivière calme dans le matin, le brouillard y flottait encore quand le soleil s'est levé, on entendait des oiseaux chanter. Tout à coup, elle se colore, s'anime, et s'emplit d'une rumeur bourdonnante, elle devient fleuve animé, charriant des sentiments, des problèmes, des préoccupations, certains passants trottinent, d'autres remontent lentement le courant, le sourcil froncé et le regard fixé au ras de l'eau.

Aline et moi, on a choisi de rester sur la berge.

(avant)
Deux auditeurs souriants

Je suis retournée au magasin quelques jours après, je ne savais pas très bien quoi lui dire. J'étais sûre que ça n'était pas le livre que je cherchais, mais...

Enfin, j'avais beaucoup aimé « Les loups et les hommes », une suite d'histoires où l'on retrouvait souvent les mêmes personnages, sous des éclairages différents, tantôt loup tantôt homme, tantôt sympathique tantôt dangereux.

L'autre livre, c'était un recueil de poèmes, *Broken Leaves Across the Cliff*.

- et le demi-livre ?

- Ben, vous savez, c'est un livre pour enfants...

- Oui (il sourit). Mais c'est un bon livre pour enfants, un qui finit bien.

Je regardai un peu le magasin autour, ça n'était pas une de ces librairies avec néons blancs qui mettent les livres en prison, il y avait même deux fauteuils en vieux cuir. Il suivait mon regard :

- C'est pour que les gens goûtent sur place avant d'acheter.

- Mais vous n'avez jamais de vols ?

- ... Beaucoup de gens aiment mes livres.

Il souriait bien, on voyait des petits plis tout autour de ses yeux, de sa bouche et ses yeux avaient l'air de beaucoup s'amuser. Un peu comme s'il se racontait des bonnes histoires, et que ses yeux s'amusaient à l'écouter.

Finalement, on n'a jamais besoin d'un grand auditoire.

Conrad et son taxi

Comme tous les matins, Conrad arrive et donne un petit coup de Klaxon avant de descendre de son taxi. Conrad, c'est notre deuxième lever de soleil, avec son taxi jaune vif, briqué, lavé, bichonné, toujours brillant même après une nuit de travail.

Il arrive en faisant sonner la porte, il cligne un peu des yeux, il dit bonjour à Aline (Comment ça va Aline, Bonjour Conrad, venez prendre un p'tit truc chaud avant d'aller dormir). Et on reste tous les deux, Conrad et moi, à regarder Aline qui va vers le réchaud, et qui prépare un p'tit truc chaud.

Un jour, j'avais demandé à Conrad pourquoi il faisait le taxi de nuit. Ça n'était pas vraiment par curiosité : j'imaginais souvent des raisons diverses, et c'était suffisant.

Il a hoché la tête, les yeux un peu dans le vague tandis qu'il faisait tourner la cuillère dans sa tasse.

- Tu sais, il n'y a pas vraiment de raison.

C'était une chose à laquelle je n'avais pas pensé. À la réflexion, c'était peut-être la seule bonne réponse.

Des nuages et des chats

Depuis quelques jours, je sentais qu'Aline ruminait quelque chose. Elle restait de temps en temps les yeux dans le vague, ni gaie ni triste, un peu pensive, et puis soudain elle s'ébrouait et je la retrouvais, un peu comme si un petit nuage floconneux était passé dans sa tête. Ça n'est pas très facile, quand on est un peu pataud, de savoir comment réagir avec ce genre de nuages, s'il faut attendre tout simplement, ou bien quoi.

Je me souviens d'une petite dame aux yeux clairs, elle avait eu un chat comme ça, elle me disait : « Vous comprenez, il était bien chez nous, et pourtant, de temps à autre, il partait dans les bois, on ne le revoyait pas pendant une semaine, il ne pouvait pas s'en empêcher. Pourtant, il avait tout chez nous, il aurait pu être heureux comme ça... « .

Puis sa voix s'était un peu brisée : « Et quand il revenait, il était si affectueux... ».

Elle restait les yeux dans le vague, avec une petite ombre de larme au bord des cils, parce qu'elle l'aimait trop pour l'enfermer, elle comprenait qu'il avait malgré tout besoin de sa liberté, et qu'il ne lui appartiendrait jamais entièrement.

- Aline ?
- ... moui ?
- Tu es libre. Je ne te tiens pas.

Elle a souri, puis elle m'a ébouriffé les cheveux en riant, elle fronçait son petit nez en me regardant, en riant toujours. On peut toujours poser des questions, les mots les plus importants sont ceux qu'on ne dit pas. Si, si.

Prélude en fugue

Ça faisait longtemps que je cherchais, je commençais à désespérer : je savais qu'il existait quelque part, ce livre, ça faisait si longtemps que je le cherchais. De temps en temps, je tombais sur une phrase, un paragraphe qui me plaisait, quand j'étais petite je les notais dans un cahier, et puis je les relisais le soir dans mon lit, cachée sous la couverture avec juste une petite lampe de poche.

Un soir, nous étions sur la terrasse, avec la prairie pleine d'herbes folles devant nous, et le soleil qui se couchait dans les arbres, loin derrière la rivière.

Prélude en fugue (2)

Un soir, nous étions assis sur les marches de la terrasse, on voyait le vent qui courbait un peu les grandes herbes, emportant un petit nuage de poussière dans le soleil. J'avais un bras autour de son épaule, sa tête reposait sur la mienne et nous regardions les martinets qui cerclaient dans le ciel.

- Tu sais, quand ils veulent dormir, il leur suffit de monter à plusieurs milliers de mètres, et puis de se laisser planer toute la nuit, dans le vent. Et au petit matin, ils sont réveillés les premiers, le soleil s'occupe d'eux avant de s'occuper de nous.

- ...Mmm.

On était bien, joue contre joue, la joue d'Aline c'est comme une douceur tiède, une sensation de Floride contre ma peau, mais bon il fallait bouger, de ce Geste dépendait - qui sait - le bonheur d'Aline et son Apaisement. Je me tortillai un peu et sortis un bout de journal de ma poche, je l'avais trouvé ce matin, l'avais soigneusement découpé, et l'avais porté avec ma jubilation durant toute la journée, en me disant que j'avais trouvé ce qui ferait plaisir à ma rêveuse. Maintenant j'avais un peu peur, alors je lui ai tendu comme ça, en regardant le champ d'herbes dorées pendant qu'elle le prenait, le lisait, le retournait.

Puis me souriait. Un sourire d'Aline c'est comme une certitude qu'il ne peut rien nous arriver, assis sur les marches face au soleil déclinant, tandis que les grillons attaquent le Prélude en Fugue.

Nouvelles de la région

« Comme chaque année depuis maintenant plus d'un siècle, la Fiesta va animer la ville de Tijuana pendant quelques jours. Des processions, des spectacles en plein rue, mais aussi des forains, des gens du cirque qui reviennent chaque année pour le plus grand plaisir des habitants. Enfin, cette année, en sus du traditionnel marché de la brocante, un gigantesque marché aux livres permettra aux amateurs de mettre la main sur l'exemplaire qu'ils cherchaient depuis des années. Trois jours sans dormir, pour bien passer l'année. »

Je savais qu'en lui tendant cet article, je n'avais pas vraiment le choix : nous allions partir vers ce pays des rêves brisés, à la recherche de son Eldorado, sans savoir vraiment ce qu'il y avait au bout. Mais j'étais content, sûr de moi, sûr d'elle, c'était un voyage qu'il fallait faire parce qu'elle en avait besoin, mon petit chat aventureux.

Elle inclina sa tête vers moi, je voyais ses cils qui battaient un peu sur sa joue, son regard clair et sa petite fossette qui se préparait à sourire. Il était temps de parler, de lui montrer que j'avais tout prévu, arrangé, calculé, pesé, soupesé à la balance de l'existence :
- si tu veux, on y va. Je n'ai rien prévu, arrangé, calculé, pesé ou soupesé, parce que tout est simple : on ferme la maison, on charge Libellule, et on s'envole dans le soleil couchant.
Elle sourit en me regardant en coin :
- et la librairie ? et les oiseaux ?

Silence songeur.
Je savais bien que j'oubliais quelque chose.

De pancartes jalonner notre vie

Ça c'était vraiment un problème. Ça n'est pas facile d'abandonner quelques lecteurs fidèles, qui viennent vous voir régulièrement, avec dans les yeux une petite attente. Ils vous posent des questions, expliquent leur recherche, et puis on se retrouve penchés ensemble à réfléchir, on tâtonne un peu, c'est très délicat, à la fin on tombe d'accord sur un livre et ils l'emportent, un peu rassurés, un peu anxieux. Certaines fois ils reviennent souriants « Oh oui vraiment, il était bien, je n'ai pas fermé l'œil de la nuit pour le finir ». Ou bien ils ne disent rien, ou bien, avec un petit ton désolé « Non, je n'ai pas tellement aimé, je suis peut-être un peu difficile, j'imaginais autre chose ». Souvent, ils réinventent le livre qui leur aurait plu, puis on cherche à nouveau ensemble.

Alors c'était vraiment un problème de savoir quoi leur dire sur la pancarte. Nous sommes rentrés à la maison, et on discutait, nous n'avions pas les mêmes idées.

Voilà ce qu'Aline proposait :

Fermé pour un mois
Fermé pour cause de recherche d'identité
Fermé pour travaux intérieurs
Fermé pour cause d'inventaire

Fermé pendant la mousson (elle aimait bien celui-là, et ses yeux pétillaient quand elle me l'avait dit)
Fermé

Pour ma part, je pensais plutôt à :

Fermé pour un mois, peut-être moins
Fermé pour cause de mission
Nous ne sommes pas partis définitivement
Fermé temporairement
Fermé pendant les vacances libraires

Nous étions au moins d'accord sur un point : le point justement. Il ne fallait pas mettre de point après l'inscription, même pas trois petits points. Juste une pancarte ouverte sur l'avenir.

Jack Kerouac, et quelques paysages

- Alors c'est vrai, vous allez fermer ?
- Temporairement, ne vous inquiétez pas.

Et Aline ajoutait : « Ça lui fait autant de mal qu'à vous, vous ne voyez pas ? ». Elle venait se blottir contre moi, elle savait que je faisais ça pour elle, mais comment eût-elle pu savoir que cette Librairie, c'était toute ma vie, comme si j'étais le capitaine d'un bateau un peu rafistolé, avec lequel j'avais parcouru les mers du globe si longtemps que désormais, je ne savais plus rien faire d'autre, j'étais juste bon à scruter loin devant en prévision des typhons, car je savais que nous coulerions ensemble, que les fonds marins nous accueilleraient dans un feu d'artifice de bulles dorées.

Mais comment eût-elle pu deviner que cette maison, cette rivière, ce renard qui passait étaient les seuls garants pour moi d'un monde qui tournait aussi vite que les pales d'un ventilateur, j'étais passé une fois à travers sans me blesser, il ne faut pas tenter le sort plus d'une fois.

Comment eût-elle pu deviner que sous ce masque insouciant, mon esprit déjà tourné vers le départ comme un ours qui se prépare à hiberner, mon âme enfermait un ouragan de passions, une flamme qui me disait « Attrape chaque objet, chaque paysage, regarde-les jusqu'à satiété, tu pars au pays des rêves brisés. »

Mais comment eût-elle pu deviner, dans ces tourments, que cela ne représentait rien à côté de partir avec elle, à côté de me dire que chaque matin, après avoir dormi ensemble, rêvé ensemble, partagé ce qu'il y a de plus intime, nous nous réveillerions face à un paysage différent, un paysage de poussières ocres et de soleil vertical, un paysage de déserts où la route s'étend en tremblant dans la chaleur, un paysage de nuit avec le bruit des herbes saguaro qui roulent vers l'infini.

En fermant la librairie ce soir-là, j'ai eu comme un doute. Aline m'attendait sur le trottoir, silencieuse, j'avais déjà donné un tour de clé, mais je suis rentré à nouveau, ai grimpé à l'échelle, ai pris « Sur la route » de Jack Kerouac. C'était dans les premiers chapitres, j'ai relu les quelques lignes, c'était bien ça.

Je me retournai vers la porte, Aline était dans l'embrasure, un petit sourire consolateur aux lèvres, et le soleil de fin d'après-midi projetait l'ombre de la pancarte « Fermé pour un peu plus de trois jours » sur le plancher de la librairie. J'ai su que nous étions déjà partis.

« Somewhere along the line, I knew there'd be girls, visions, everything; somewhere along the line the pearl would be handed to me ».

Deuxième partie :

En glissant doucement au loin

I'm going way down South
Way down to Mexico

Jimi Hendrix

La victoire des ours barbus

Il était un peu tard quand nous sommes arrivés à la maison, Aline a allumé une vieille lampe à pétrole que j'avais bricolée pour la terrasse, je voyais son ombre qui la suivait tandis qu'elle m'aidait à charger Libellule...

- Ça va ? me demanda-t-elle soudain, mi-rieuse mi-grave, avec son petit sourire qui retroussait une fossette lumineuse. Je me réveillai de mes pensées, et vis son ombre qui me regardait, tranquillement adossée à un des murs de la maison. Mon ombre à moi grommela un peu, on n'avait pas vu Conrad depuis quelques jours, j'espérais qu'il passerait pour nous dire au revoir, j'en profiterais pour lui demander de venir jeter un coup d'œil par ici, de temps en temps.

Je laissai Aline finir de déposer nos affaires, et allai préparer du bon café brûlé pour la route, pour emporter un peu de la maison avec nous.

Depuis la fenêtre de la cuisine, je regardai les peupliers immobiles, devant la rivière tranquille. Tout le monde attendait, retenait sa respiration, mais je le savais, nous étions déjà partis, et c'est vrai que c'était agréable, ces préparatifs à la nuit tombée, les familles étaient rentrées chez elles, elles mangeaient des haricots au lard autour de la table familiale et pendant ce temps, mon petit nuage chatonneux et moi, on se préparait avec Libellule.

J'étais en train de verser le café dans la bouteille Thermos quand j'entendis le Klaxon de Conrad, chic, chic, Conrad est passé nous dire au revoir avant de commencer sa nuit ! (Vite, finissons de verser ce bon café brûlé, et puis allons voir Conrad et Aline). Je bouchai la bouteille Thermos, la pris à la main, et j'allais quitter la cuisine, mais ils arrivaient tous les deux, on aurait dit deux étudiants qui ont fait une bonne blague, ils se souriaient en me regardant.

- Ben quoi ? que je dis, plein d'à-propos.

- Devine, me dit Aline, elle souriait de partout, ses yeux pétillaient comme des bulles dans un ruisseau, Conrad avait passé un bras autour de ses épaules, et elle paraissait toute frêle à côté de ce bon gros ours mal rasé. (A la réflexion, je n'ai jamais vu d'ours bien rasé).

In the night, par Edward Hopper

- Euh, voyons, voyons, qu'y a-t-il à deviner, fis-je, en prenant un air faussement songeur. Puis je m'illuminai, comme dans les dessins animés, j'aurais bien voulu qu'une ampoule s'allumât au-dessus de ma tête, J'ai trouvé, dis-je, pas peu fier : Conrad est venu nous dire au revoir !

Silence. Les deux me regardaient, souriaient, se regardaient, souriaient, je les regardais aussi, alors bon, je faisais comme tout le monde, j'essayais de sourire d'un air fin, en prenant un air du genre Oh-mais-oui-bien-sûr-quelle-bonne-blague-non-vraiment-quelle-surprise. Silence. On aurait dit un tableau d'Edward Hopper. Il y a un homme avec une chemise à carreaux rouges, genre bûcheron, il est mal rasé, on dirait un ourson débonnaire, un ourson qui rigole après avoir fait un festin de miel. Et puis il a sa patte autour de l'épaule d'une fille qui sourit tellement qu'on ne voit que ses yeux, tous les deux on sent bien, ce sont deux copains, mais on ne peut pas vraiment en être sûr parce qu'un tableau, c'est toujours très mystérieux, c'est peut-être son père, on ne peut pas dire. Et puis ils regardent un troisième, qui a l'air un peu bête à sourire, et qui tient une bouteille Thermos, c'est peut-être le frère de l'ourson, ou bien l'ami de la fille qui sourit tellement qu'on ne voit que ses yeux, on peut pas vraiment dire.

Et puis autour, une cuisine éclairée comme dans les tableaux d'Edward Hopper ; il y a une table en bois, et puis deux chaises, par la fenêtre on voit juste un rectangle bleu nuit, mais si on se penche un peu sur le tableau, on voit quelques peupliers, plus sombres vers la rivière.

- Conrad vient avec nous, dit Aline.

Conrad ne dit rien, il hochait la tête, je le connais bien, ça voulait dire Oui, elle a raison la petite Aline, c'est bien comme elle le dit.

Alors je hochai aussi la tête, si elle le dit, c'est que c'est vrai, et je n'ai pas besoin d'aller plus loin.

Et ta nuit sera illuminée comme la mienne

Alors on a déchargé Libellule, et on a mis nos bagages dans le taxi de Conrad, Tu comprends, qu'il me dit en balançant les sacs de couchage dans le coffre, moi ma spécialité, c'est le taxi de nuit. Alors quand vous m'avez dit que vous partiez ce soir...

Ça avait l'air si simple comme ça, je ne disais rien, après tout, c'était simple : Conrad avait eu envie de venir avec nous et il était venu.

- Je suis content que tu sois là, lui dis-je.

Il me regarda en bougonnant un peu, il était content aussi, vieil ours noctambule, et il s'appuyait sur le capot de son taxi en regardant Aline qui revenait vers nous. Puis j'ai fermé la maison, et nous sommes partis sur le vieux chemin cahoteux.

Dans la lumière des phares,
à un tournant,
vite disparue dans les fourrés,
la tache flamboyante de Bob le Renard.

Paquebot Taxi

Je n'ai jamais vu Conrad sans son taxi. Je ne sais pas qui garde l'autre, mais ils se déplacent ensemble, et le taxi est toujours resplendissant, les chromes astiqués, toute la carrosserie d'un jaune flamboyant, tandis que Conrad porte le plus souvent un vieux jean crasseux, une grosse chemise de coton, et il a toujours l'air de ne pas avoir dormi les deux derniers jours. (Ce qui n'est pas possible, si l'on y réfléchit deux minutes).

Quand il s'arrête aux feux avec son taxi, ça fait une sorte de soupir, de glissement d'air, et les deux attendent doucement que le feu passe au vert. Quand on est à côté du conducteur, on voit, loin devant, le bout du capot jaune, et les gens qui passent dans la rue, il y en a qui traversent, d'autre qui marchent au petit bonheur. Puis on redémarre. Sur les rives, des coraux multicolores, des rochers grisés défilent tandis que le taxi laisse derrière lui un sillage blanc.

Quand il rencontre un autre paquebot taxi, ils échangent des signes de reconnaissance, des signaux optiques ou bien un ou deux coups de trompe. Quand ils ont le temps, ils se mettent bord à bord et échangent des informations de voyages, se racontent leurs fortunes de mer.

- Attention vieux, par devant il y a une passe dangereuse, vaut mieux prendre vers le sud.

Ou bien

- Tu as des nouvelles de l'Argentin ? Ça fait plusieurs saisons que je ne l'ai pas vu...

- Oh, maintenant il croise plus souvent vers le trentième parallèle, il en avait marre de ces eaux-là, tu le connais, il lui faut du changement.

Ou encore

- Dis vieux, je n'ai plus tellement de gazoline, tu ne sais pas où je pourrais aller me ravitailler ?

- Suis les lumières de la côte sur deux milles : à l'embouchure du fleuve, tu as un comptoir qui vend de tout.

- Ah oui, je me souviens, j'y allais souvent il y a quelques années.

Ce sont toujours de courtes discussions, et puis chacun cingle à nouveau vers sa destination, sur cet océan liquide où chacun crée sa propre route.

Joe le Bûcheron et les bouches d'incendie

Le cargo a lentement dérivé le long des courants des petites rues, passé le chenal avec sa lumière bleutée, et devant nous, il n'y avait plus que la mer libre. La nuit nous enveloppait et nous protégeait, je voyais les lumières du tableau de bord éclairer la figure de Conrad qui mâchonnait un petit bâton, et puis Aline avait posé sa patte élastique sur mon cou et elle regardait en silence, avec la vue nocturne des chats.

Sans me retourner, je savais que nous laissions derrière nous un sillage phosphorescent, j'avais déplié une carte sur mes genoux, juste éclairé par la petite lumière du plafonnier. De derrière, j'ai entendu la voix d'Aline, elle me disait que Conrad connaissait cette partie de la route, que c'était après qu'on aurait besoin de la carte. Alors je leur ai raconté l'histoire de Joe le Bûcheron.

Joe était bûcheron dans les montagnes au nord, et il descendait tous les mois à la ville pour prendre des provisions, sauf en hiver où là il vivait sur ses réserves pendant plusieurs mois sans voir personne. Joe ne savait pas lire, et ne s'y reconnaissait pas bien dès qu'il arrivait à la ville. Je l'entends encore qui disait : « C'est pas catholique, toutes ces rues qui se croisent si proprement, la nature ne fait jamais comme ça, ici toutes les rues se ressemblent, toutes les maisons ont le même type de fenêtres, et tout change si rapidement ! Là-bas dans les montagnes, il y a pas deux arbres identiques, et au moins, ils restent à la même place ! ». Alors Joe avait un système : à partir du moment où il entrait dans la ville, toujours par la même route, il comptait le nombre de bouches d'incendie qu'il rencontrait. Il savait qu'à la quatrième bouche d'incendie, il devait tourner à droite, et le magasin de fournitures était un peu plus loin.

Le système de Joe marchait très bien, tous les mois il allait faire ses achats, sauf en hiver où il restait absent de longs mois. Et puis est venu Floyd J. Tomaso.

Floyd J. Tomaso était un fils d'immigrant, il avait vécu dans le quartier italien depuis sa naissance, il avait baigné dans les odeurs de lessive et de pâtes alla carbonara, et n'avait jamais quitté son quartier, parce que son père n'était pas assez riche pour qu'ils partent en vacances. Alors l'été, quand il faisait trop chaud pour rester à l'intérieur, Floyd J. Tomaso descendait dans la rue avec d'autres bambini, et ils se baignaient près d'une bouche d'incendie, c'était leur rivière à eux, cette bouche d'incendie.

Alors voilà, quand, des années après, Floyd J. Tomaso est devenu maire, il a décrété qu'il n'y avait pas assez de bouches d'incendie dans Little Italy, et qu'il fallait en installer d'autres. Lui, tout ce qu'il voulait, c'est que les bambini puissent se rafraîchir en été (ça ne sert qu'à ça une bouche d'incendie, il n'y a jamais d'incendie dans Little Italy). Et donc, en prévision du prochain été chaud, il avait fait installer douze bouches d'incendie supplémentaires pendant les longs mois d'hiver, et tout le monde dans Little Italy était content.

Alors évidemment, quand Joe le Bûcheron est descendu de la montagne au printemps, il a compté quatre bouches d'incendie, et il a tourné à droite, mais ça n'était pas la bonne rue, parce que pendant les longs mois d'hiver, une bouche d'incendie supplémentaire était apparue sur le trottoir dans cette rue-là, comme un champignon hivernal. Joe le Bûcheron a marché longtemps sans apercevoir son magasin de fournitures, et il s'est perdu. Il a échoué dans un bar-hôtel, loin au-delà de Little Italy, il a raconté son histoire et la patronne, qui était veuve, l'a pris en pitié et deux mois après ils étaient mariés.

- Et quelle est la morale ? demanda Aline, qui aime bien me taquiner.

- Eh bien, si Joe le Bûcheron avait été finaud comme je le suis, il eût déplié une carte sur ses genoux dès les premiers mètres en dehors de son territoire, il se fût repéré à la boussole et au soleil, et tout ça ne serait pas arrivé.

- ... et il ne serait pas marié, et la pauvre veuve serait toute seule...

- Ben oui, bien sûr... Mais peut-être que le soir, après la fermeture du bar, de temps en temps il s'accoude à sa fenêtre et il rêve à sa petite cabane, à ses arbres qui ne changent pas de place là-haut. Il n'est pas triste, non, juste rêveur...

Aline a tendu la main, m'ébouriffant les cheveux, tandis que Conrad songeait à tout cela en mâchonnant son petit bout de bois.

Il faudrait que j'en parle à la NASA

Nous sommes restés un moment sans rien dire, Conrad avait la tête du Capitaine Kirk dans Star Trek, espaaace, frontière de l'infini, où notre taxi-soleil poursuit sa course...

Et puis je me suis dit que ça n'était pas tout à fait vrai, parce que dans un vaisseau spatial, ils mangent des aliments synthétiques et des petites pilules, et que là-haut, par conséquent, le café brûlé n'existe pas. Alors j'ai repêché la bouteille Thermos au fond de la voiture, le métal argenté brillait comme si c'était un satellite, un satellite rempli à ras-bord de bon café brûlé pour réchauffer les astronautes entre deux trajets galactiques.

Parfois, tout là-haut, deux astronautes s'arrêtent un moment pour souffler, et puis il y en a un qui dit à l'autre : « Hey, Mac, ça ne te dirait pas un bon café comme à la maison ? ». Et puis l'autre (Mac) ne comprend pas, parce qu'il est nouveau dans le secteur et qu'avant, du côté de Mars, on ne lui posait pas des questions comme ça. Alors il dit : « Ah ouais, pour sûr Vieux Tom, ça serait bien si on pouvait boire un bon café brûlé... ». A ce moment, le premier (Vieux Tom), il dit comme ça, en regardant Mac du coin de l'œil « Bon ben alors on va prendre un p'tit café dans un coin que je connais, avant de repartir » et puis il met en marche le scooter spatial et il fait signe à Mac de monter derrière. Alors Mac, évidemment, il se sent un peu idiot à rester flotter comme ça dans l'espace, tandis que Vieux Tom a déjà fait démarrer le scooter spatial et que des nuages bleutés sortent du pot d'échappement spatial. Alors il dit Bon bon, j'arrive, et les deux partent ensemble vers le Satellithermos argenté.

Quand ils arrivent, hop ils attachent le scooter aux anneaux d'amarrage du Satellithermos, et puis chacun prend deux pailles argentées, et les introduit dans les écoutilles du Satellithermos. Il y a des écoutilles où il y a marqué « bouche » et d'autres où c'est marqué « nez ». Comme ça, une fois qu'on a connecté les pailles à son casque, on peut boire le café et en même temps sentir la bonne odeur de brûlé.

Ceux qui ont conçu le Satellithermos n'étaient pas des idiots.

- A quoi penses-tu ? me demanda Aline
- Je pense que je ne suis pas un idiot, répondis-je, plein d'à-propos.

Petit guide à l'usage des durs d'oreille

Sans les voir, je savais que leurs narines frétillaient à l'avance. Quand j'avais proposé du café à Conrad, il avait dit Mmmronnnf. Et un Mmmronnnf de Conrad, ça veut dire quelque chose. Il y a beaucoup de gens qui disent que ça n'est pas une manière de parler, qu'on ne comprend rien à ce genre de bruit. Je ne suis pas d'accord, enfin en tout cas, pas en ce qui concerne Conrad.

Si Conrad dit Mmmronnnf, ça n'est pas Monnbfff, et ça n'est pas non plus Pfff-Mmooof. Un jour, je rédigerai un lexique à l'usage des gens de peu d'oreille, parce que c'est quand même plus simple de dire « Mmmronnnf » que « Ma foi oui, c'est une bonne idée, surtout que je me sens un peu comme un ours endormi sous la neige ».

Je ne sais pas encore comment j'appellerai ce lexique, il faut que j'y réfléchisse. La facilité, à laquelle tout être humain tend par nature, voudrait que je l'appelle « Grommml » ou bien « Mmmm », ou encore « Mes entretiens avec Conrad ».

Mais ce guide mérite mieux. Il faut que j'en parle à Aline.

Papillons de nuit

Au fur et à mesure que la nuit avançait, la densité de l'air changeait dans la voiture-cargo-transport spatial. J'avais apporté le premier changement en ouvrant la bouteille Thermos argentée, et l'odeur de bon café brûlé avait rempli l'habitacle. Puis on avait bu, et Conrad avait ouvert sa fenêtre pendant un moment. Dans les champs autour de nous flottait une odeur de nuit, une bouffée un peu sucrée d'herbe fraîche et verte (oui, oui, l'herbe bien verte a une odeur particulière, même la nuit. Surtout la nuit).

Et puis Aline s'est endormie doucement, pelotonnée à l'arrière, on voyait juste une touffe de cheveux sous les couvertures. A chaque fois qu'Aline dort comme ça près de moi, j'ai une impression bizarre : j'ai l'impression de la perdre, elle part dans son petit royaume coloré, et en même temps, je ne sais pas pourquoi, elle n'est jamais plus proche, jamais je ne pense autant z-à elle. Quand Aline s'est endormie, l'atmosphère a encore changé progressivement. D'abord, nous nous sommes mis à parler plus doucement avec Conrad, attentifs au petit animal qui dormait sans bruit, là derrière. Et puis Aline s'est mise à rêver, à distiller des pensées chatoyantes tout autour de nous. L'habitacle du paquebot-taxi devenait comme un cocon chaud et douillet, c'était comme une petite ivresse, on se laisse aller à une pensée, et puis une autre, et puis un bout de rêve d'Aline vient vous chatouiller l'oreille, apparaît dans un coin de votre regard. Au bout d'un moment, Conrad et moi nous sommes tus.

Aline a rêvé ainsi jusqu'au petit jour, et nous étions comme un vaisseau spatial au carburant un peu spécial, une brouette pleine de pétales qui glissait sans bruit sur la route couverte de rosée.

(avant)
La quête (1)

Je restais là dans le magasin, il me regardait gentiment, et puis je me suis sentie découragée tout d'un coup, c'était sûr que je ne trouverais jamais ce fichu bouquin, je ne savais même pas de quoi ça parlait, alors hein.

Je me suis laissée tomber dans un des vieux fauteuils de cuir, ça a fait un petit Glonng, je regardais la rue ensoleillée à travers la vitrine, je ne le voyais plus, il était derrière moi. Et puis j'ai vu apparaître un sac de caramels, comme ceux que j'achetais à la sortie de l'école, quand j'étais petite. Et il m'a dit

- Allez, prenez donc un caramel, ils sont très bons

et j'ai dit

- Ah bon, alors s'ils sont très bons... en prenant un caramel.

Je suis restée un moment avec ce petit caramel qui fondait contre mon palais, de temps en temps on voyait quelqu'un passer dans la rue, et je regardais aussi un petit nuage de poussières qui flottaient, toutes dorées, non loin des étagères. J'étendis les bras de chaque côté, je m'appuyai sur les vieux accoudoirs de cuir, j'étais bien comme ça, enfoncée dans ce fauteuil à regarder des petites poussières qui tournaient dans la lumière, l'après-midi touchait à sa fin.

(avant)
La quête (2)

Aline fixait la vitrine, elle regardait le bocal dans lequel passaient des gens de temps en temps, vite happés vite oubliés dans leurs soucis quotidiens. Je suis allé m'asseoir dans l'autre fauteuil de vieux cuir, j'étais bien dans cette librairie, chaque mètre carré portait ma Marque. Elle m'a regardé, les yeux brillants, elle a voulu dire quelque chose, a juste levé une main puis l'a laissée retomber.

- Ces livres... Ça n'est pas facile à dire ... Bon sang, il y a des passages, ou bien des morceaux de musique, ils me donnent envie de vivre ... de continuer quoiqu'il arrive ... quand je les lis, quand je les entends, c'est comme si j'avais la certitude ... (elle sourit d'un air gêné) ... que nous serons sauvés... Mais cette impression, elle est tellement fugitive ... je sais qu'il y a quelque part un livre dont chaque mot me sera vital, j'ai besoin d'y croire ... dites-moi, est-ce que ça n'est pas aussi important que tout ce après quoi ils courent ?

Elle me montrait la vitrine et la rue réchauffée par le soleil de l'après-midi, j'étais assis dans mon fauteuil tout usé, elle avait une voix un peu brisée, comme quand on a couru sur une trop longue distance. Le soir tombait doucement, comme les larmes sur ses joues et je ne pouvais pas grand-chose, la vie nous a placés là pour éclairer juste un bout de chemin, j'essayais de sourire pour alléger ses peines mais qui étais-je, sinon une ombre parmi les ombres ?

Elle me regardait sans essuyer ses larmes, elle fixa le mur en face puis elle chantonna doucement :
- *Voices leaking from a sad cafe*
Smiling faces try to understand

Je tendis la main par-dessus l'accoudoir, pris la sienne, et continuai :
- *I saw a shadow*
touch a shadow's hand
on Bleecker Street.

(avant)
Fort Zinderneuf

Au bout d'un moment il s'est levé, a lâché ma main pour aller préparer quelque chose à boire. Je l'ai entendu qui toussotait derrière moi, et puis il m'a dit que le livre que je cherchais n'était probablement pas dans sa petite librairie, mais peut-être, à Fort Zinderneuf ...

Je me retournai pour le regarder, il était debout avec une casserole à la main, la lumière du soleil éclairait le bas de ses jambes et il me regardait avec un demi-sourire aux lèvres, et un autre demi-sourire dans les yeux, et comme ça, à tenir une casserole toute bête à la main, tourné vers moi, il avait l'air d'un chevalier, le Chevalier Zinox, c'était du moins ce que je lisais dans son regard.

Je déraillais complètement.

- Où ça ?
- Fort Zinderneuf.
- ...
- C'est une maison de bois au bord d'une rivière, de la maison on ne voit pas la rivière, mais on voit les arbres. C'est un fort imprenable, fortifié par une triple muraille de livres, du sol au plafond, et les oiseaux, bien qu'ils ne soient pas de grands lecteurs, y passent souvent.
- ...
- C'est là où j'habite, un peu en dehors de la ville.

- ... et vous voulez qu'on y aille maintenant ?

Sans me quitter des yeux, il posa la casserole sur le réchaud, craqua une allumette, la laissa doucement brûler au bout de ses doigts

- Maintenant, plus tard, quand vous voulez ... Si vous voulez ...

Breakfast dans l'air surchauffé

Nous sommes arrivés en roulant sur les premiers rayons du soleil. La rue était blanche de poussière du désert, quelqu'un qui nous aurait regardés du haut de son nuage aurait vu un taxi jaune sur une étendue toute blanche, comme un œuf au plat qui aurait un jaune qui se déplace doucement, un jaune rectangulaire comme le taxi de Conrad. Aline était silencieuse, attentive, Conrad mâchonnait son petit bout de bois, là il fallait décider. Nous sommes tous un peu des jaunes d'œuf indécis. Et puis, à me mettre des œufs au plat dans la tête, tu me donnes faim. Des œufs un peu bruns sur les bords, parce que le cuisinier est amoureux et qu'il a oublié de retirer les œufs du feu, et puis du jambon (ou mieux, de l'épaule) qu'il a fait dorer à côté, dans la même poêle, toute la basse-cour se retrouve au fond de la poêle, à dégager une odeur appétissante, comme une meule de foin qui sécherait au soleil dans la cour de la ferme. Et puis il rajoute une ou deux tomates, coupées en tranches fines, des petites herbes aromatiques, et les oiseaux se posent à la fenêtre pour te regarder, enfin ils ne te regardent pas toi, tu n'es pas vraiment important aux yeux d'un petit oiseau, non, ils regardent l'œuf et puis l'épaule dorée et les tomates bien rouges, parsemées de petites herbes aromatiques.

Alors tu leur tiens ce discours :

« Non, non et non.

Ça n'est point pour les oiseaux. »

Et ils s'envolent tout dépités.

Maîtriser sa vie.

Pendant que Conrad prenait de l'essence, nous sommes partis acheter des victuailles, des provisions de bouche. Aline se chargeait du pain de mie, des pommes vertes, du jambon et du beurre frais. Ma responsabilité portait sur le fromage, le lait frais, deux-ou-trois légumes et un-peu-plus-que-le-nécessaire-à-boire. Nous nous sommes retrouvés à la caisse, la synchronisation était parfaite, nous sommes les rois de l'organisation.

Aline s'est mise dans une queue, je me suis mis dans l'autre. Dans ces cas-là, ça ne rate pas, je suis toujours dans la queue où il y a un problème. Je crois que jamais au grand jamais je n'ai eu la chance d'être dans une queue normale, où chacun paie pour ce qu'il a acheté, et on se retrouve vite devant la caissière, on dit bonjour et à peine le temps de sortir son argent, elle a déjà tout compté, comptabilisé, empaqueté, on retrouve sa vie bien emballée dans des sacs en plastique.

Non, non, non, toujours il y a un problème, et Aline se retrouve toujours à m'attendre en fronçant les sourcils (c'est pour rire) et j'ouvre les bras d'un air résigné, pour lui faire comprendre que ce n'est point ma faute. C'est ahurissant ce qu'une queue peut créer comme problèmes, à partir du moment où je suis dedans : la caisse enregistreuse se met à fumer, ou elle explose et saute au plafond, il n'y a plus de sacs plastique, ou un client prend la caissière en otage. Une fois, j'étais arrivé devant la caissière sans anicroche, je regardais à droite, à gauche, je cherchais où pouvait bien être le problème, mais non, elle commençait à compter comptabiliser empaqueter ma vie et rien ne se passait. J'étais de plus en plus nerveux, je guettais la caisse-enregistreuse (62% des problèmes, vous pensez bien si j'ai eu le temps de faire des statistiques), les clients derrière, le sol glissant. Rien, il n'arrivait toujours rien. La caissière a levé les yeux, et m'a demandé :

- Vous payez comment ?

Là je savais qu'il ne pouvait pas y avoir de problème : j'avais déjà l'argent à la main, du bon argent sans problème, et je me suis enfin risqué à sourire. C'est à ce moment-là qu'un grand morceau de plafond s'est détaché et m'est tombé sur le crâne. Le docteur qui m'a soigné m'a dit qu'il n'avait jamais vu ça, le Directeur du magasin s'est excusé, a dit qu'il ne comprenait pas. Je souriais béatement pendant qu'ils m'entouraient, je leur disais que tout allait bien, que c'était normal, je connaissais ma place dans la vie.

Alors aujourd'hui, j'attendais patiemment mon problème, il était loin le temps où cette déveine m'énervait, où je cherchais le Responsable, maintenant j'attendais mon problème comme d'autres attendent leur bus, celui qui arrive toujours, même s'il a une ou deux minutes d'avance, ou cinq minutes de retard. Mon problème arrive toujours, et même de temps en temps il s'excuse : « Excuse-moi, vieux, je suis un peu en retard, j'ai mis du temps à trouver une place dans le Parking des Problèmes ». Alors je réponds « C'est rien, vieux, c'est rien, je savais que tu viendrais, je n'étais pas impatient... »

J'en étais là à méditer, tandis que la queue lentement me rapprochait de la caisse, et deux personnes devant moi, j'ai vu soudain mon problème. C'était une jeune maman enceinte, elle a soudain lâché ses paquets et elle a fait Oooooh parce que le bébé devait lui donner des coups de pieds. La dame qui était devant moi s'est retournée, et m'a dit « Elle ne va tout de même pas accoucher ici ! ». Je lui souris sans rien dire, il fallait bien lui laisser un peu d'espoir, elle ne savait pas qu'elle était dans la Queue Qui A Toujours Des Problèmes...

Plongée sous-marine

- C'était un beau bébé, me dit Aline tandis que nous retournions vers la voiture, mais pourquoi as-tu proposé à la mère d'être le parrain ?

- C'est un petit peu mon frère, lui aussi fera des statistiques, répondis-je sybilliniquement.

Nous marchions dans la rue, et puis Aline a eu l'œil attiré par une affiche, un rectangle de couleur vive dans une vitrine. Sur l'affiche, je le voyais de loin, il y avait marqué en gros « Concert » et plus bas, en un peu plus petit, « ce soir ». Aline a lu l'affiche et s'est tournée vers moi.

- Tu veux y aller ? ai-je demandé.

(Sourire d'Aline)

- Ben oui, mais on ne sait pas où aller acheter les billets ...

(Re-sourire d'Aline)

- Et puis on n'a pas de queue de pie et de robe du soir ...

(Sourire d'Aline au carré)

- Et puis ...

(Sourire, sourire, sourire. M'immerger dans ses sourires et ne plus faire surface, dans ces cas-là, pourquoi aurait-on besoin d'oxygène ?).

Et la marée nous emporta dans ses reflets vert-bleus jusqu'à l'entrée de la salle de concert, quelques heures après, sans qu'on s'en rende compte, il suffit de se laisser flotter.

(avant)
Déchirement

Elle me regardait du fond de son (mon) fauteuil vieux cuir usé, l'air était tiède et poussiéreux mais je sentais mes joues brûler, j'aurais bien bu un grand verre de café glacé. Puis l'allumette brûla le bout de mes doigts, je secouai la main d'un geste vif, elle s'est penchée, s'est relevée du fauteuil. Elle était debout, me regardait en se mordillant un peu la lèvre.

Et la porte de la librairie s'est ouverte, Conrad est entré en braillant je ne sais plus quoi, quand il a vu Aline il a enlevé sa casquette en disant Bel astre du jour vous brillez de mille feux, puis, comme il tenait la porte encore ouverte, Aline a ramassé son petit sac, Conrad a mis la casquette sur son cœur en prenant une pose de grenadier à cheval, l'autre main sur la poignée de la porte, et Aline est passée en riant, s'est retournée, juste sur le pas de la porte, a voulu dire quelque chose, mais Conrad n'avait rien vu et a refermé la porte sur son nez.

Puis il s'est tourné vers moi :

- Alors fiston, tu n'as pas l'air content de me voir ?!

- ...

Rhapsody in Wood

La salle de concert était bien remplie, nous n'étions pas assis l'un à côté de l'autre, les lumières ont baissé et je voyais Aline à quelques rangs devant. Les musiciens commencèrent à jouer une de ces œuvres lentes et pénétrées, tout le monde avait l'air très sérieux, le chef d'orchestre fronçait les sourcils en recherchant le Son Juste, les spectateurs eux-mêmes avaient un air de gravité douloureuse, comme ça arrive en cas de problèmes intestinaux.

Je regardai Aline, Aline se retourna, me regarda, me sourit. Bon. Ça au moins, ça n'était pas perdu, Aline reste toujours Aline. Et puis elle se retourna vers l'orchestre et continua à écouter. Alors je me suis endormi.

Quand je me suis réveillé, le combat faisait rage. La grosse caisse envoyait de la mitraille sonore BAOUM, BAOUM, tandis que les violons cédaient, pliaient puis remontaient à l'assaut en tricotant de leurs archets, les cuivres sonnaient la charge et il n'y avait guère que les bois pour se tenir à peu près tranquilles. Les violons faisaient preuve de beaucoup de vigueur, ils se dépensaient sans compter pour contenir l'ennemi et ses vibrations sonores. Les archets zigzaguaient à toute vitesse, les violons s'inclinaient, une fine poussière de bois, une sciure légère commençait à flotter autour des violons. Mais il fallait bien qu'ils se défendent, les grosses caisses étaient toujours menaçantes, alors ils ont continué à scier, maintenant la sciure commençait à tomber sur le plancher et les violons jouaient toujours. Ça n'était plus un concert, ça devenait une entreprise familiale au Canada, où l'on débite des bûches toute la journée. Un des violons s'est arrêté, a enlevé sa veste de smoking, en dessous il avait une chemise rouge à carreaux, et il a recommencé à jouer tandis que son collègue faisait de même, on voyait qu'ils avaient tous chaud, et bientôt tous les violons étaient en chemises à carreaux, et puis les cuivres se sont mis en bleus de travail, tout en continuant à jouer (il fallait bien entretenir la machine).

Désormais, un nuage de sciure de bois les entourait tous, les hautbois et clarinettes avaient recommencé à jouer sur un ton très doux, comme des chants d'oiseaux qu'on ne verrait pas parce qu'ils sont cachés derrière le feuillage. Les grosses caisses tapaient sur un rythme travailleur, comme des marteaux qui enfoncent des clous, et on y était enfin, au Canada, au milieu d'un scierie familiale, la sciure jonche le plancher et une bonne odeur de bois frais flotte dans l'air. Les bûcherons et les mécaniciens travaillent en rythme, en écoutant les oiseaux qui chantent dehors dans le feuillage, et puis il se mettent tous à chanter ensemble l'Hymne Du Bûcheron Travailleur :

Hi Yo Hi Yo
On débite du bouleau
Tout le peuplier
C'est sûr y faut travailler

On travaille en chêne,
Y a pas vraiment d' problème
Hi Yo Hi Yo

    Et la baguette du chef d'orchestre est devenue un brin d'herbe, et comme on ne peut pas diriger des gens avec un brin d'herbe, il se le met à la bouche,
    et les mains dans les poches,
    il va faire un tour
    parmi les bûcherons et les mécaniciens
    qui continuent à chanter
    en chœur.

Rendez-vous au paddock

Nous sommes sortis, une petite pluie fine tombait dans la nuit, Aline s'est pelotonnée contre moi et nous avons marché le long des réverbères entourés d'un halo brumeux. Au coin de la rue se trouvait le bar où était resté Conrad, quand nous sommes entrés on aurait dit une étable tellement il y avait de vapeur, de chaleur, de lumière chaude et de fumée. Conrad était assis à une table au fond, devant lui il y avait une chope de bière à moitié remplie, et il avait sorti sa pipe de maïs et fumait en rêvant. Sur la table de bois ciré, juste en face de sa chope de bière à moitié remplie se trouvait une autre chope de bière, elle aussi à moitié remplie. Deux petites sœurs, une blonde et une ambrée, qui se tenaient bien sagement l'une en face de l'autre. « Tu as trop bu, tu vois double », ai-je dit à Conrad en m'asseyant en face de lui, tandis qu'Aline se mettait sur la banquette à côté de lui. Il hocha la tête, le regard perdu dans la fumée de sa pipe, à construire des châteaux de fumée dans l'air opaque. Et puis une voix m'interpella par derrière : « Alors p'tit gars, tu profites de mon absence pour siroter ma bière ? »

J'ai vu Aline qui regardait par-dessus mon épaule, les yeux rêveurs de Conrad qui se posaient dans l'espace derrière moi, qui souriaient, hochaient la tête, je me suis retourné. Une chemise à carreaux débraillée sur le pantalon, et une fille brune comme une jument dans la chemise. La fille m'attrape par le col, me soulève de mon tabouret en me regardant avec des yeux de cheval sauvage. Je dis juste « Bonjour Madame ».

Si j'avais un chapeau, je le soulèverais.

Eileen

Elle a dû sentir que je soulevais un chapeau imaginaire, car elle s'est détendue un peu, a souri, j'ai eu l'impression de voir un poulain gambader dans l'herbe verte.

- Laisse, dit Conrad-le-rêveur-fumeur-de-pipe, ce sont les amis dont je t'ai parlé...

Elle m'a reposé sur le tabouret, j'étais content d'être à nouveau assis, elle se pencha par-dessus la table, tendit la main à Aline :

- Eileen (air sérieux, regard volontaire).
- Aline (air espiègle, regard-sourire). Ne me l'abîmez pas, il peut encore servir.

Puis elle me tendit la main :

- Eileen. Excuse-moi, il y a tellement de malotrus qui abusent d'une faible femme...
- ...

Elle s'assit sur mes genoux et recommença à parler avec Conrad, je regardais Aline d'un air effaré (ce n'est point ma faute), il fallait tout de même reprendre la situation en main...

Eileen demandait à Conrad : « Alors tu ne veux pas m'expliquer pourquoi vous faites le taxi de nuit tous les trois à 300 miles de ton port ? »

Conrad hochait la tête, le regard un peu vague. Et je répondis :

- il ne peut pas le dire, parce qu'il ne le sait pas. De nous trois, il n'y a que moi qui sache.

Eileen me regarda, ça y est, j'existais, je n'étais plus simplement un coussin pour boire de la bière. Conrad me regardait en tirant une ou deux bouffées de sa pipe de maïs. Et Aline me regardait aussi, l'air interrogateur. Les yeux d'Eileen trottèrent de mon visage à celui de Conrad, firent un détour par Aline, revinrent sur moi.

- Alors ?

- Je ne sais pas si je peux te le dire, tu comprends, on ne te connaît pas vraiment...

Je jouais le jeu, il fallait bien qu'elle comprenne l'Enjeu. Elle me regarda en fermant un œil, allait-elle me tire-bouchonner à nouveau le col de chemise, me soulever de ce tabouret reposant, allait-elle me faire subir un interrogatoire troisième degré ? Elle racla du sabot sous la table. Allez, elle avait l'air vivante après tout, je pouvais bien lui en parler, même si je ne savais pas encore ce que j'allais dire. Je respirai et puis :

- Nous sommes des Pèlerins allant vers la Frontière.

C'est notre Mission, c'est notre Vœu. A tous les trois.

Silence.

Et puis Conrad se racla la gorge, réfléchit, et dit « oui, c'est bien ça, le petit a raison ». Aline ne dit rien mais Aline n'a jamais besoin de parler, c'est sa magie à elle.

Rêve nocturne au milieu de l'été

Nous sommes sortis de l'étable au milieu de la nuit, tous les quatre, Aline était pelotonnée contre moi et Eileen et Conrad se tenaient bras-dessus bras-dessous. Dans le ciel nocturne, une écharpe d'étoiles enveloppait la lune frileuse, on entendait le bruit des peupliers dans le lointain, le vent de la nuit qui soufflait et peignait nos cheveux.

Nous sommes aussi des vers luisants, des gardons qui remontent un torrent de montagne, je dis bien des gardons, pas des saumons, et notre Quête est de celles qui transcendent l'espace, les seules barrières qui puissent nous arrêter sont celles que nous érigeons. A chaque pas que nous faisons vers notre étape, nous distillons une buée de rêve et rien ne peut se comparer à cela, nous sommes des écrivains en trois dimensions et cette nuit bleue est notre page blanche. Les façades des maisons projetaient de grands lacs d'ombre sur le sol, nous passions d'une plaine éclairée par les réverbères à la nuit d'une forêt de maisons, puis débouchions à nouveau dans une vallée de lumières et nos semelles buvaient le pavé. Au bout d'un moment, on a longé une barrière sur la droite, avec un parc derrière, silencieux et glacé sous la nuit, de grandes étendues d'herbe froide, des arbres solitaires et des réverbères blancs éclairant les allées désertes.

- Brrr ... a fait Aline.

Eh oui, si Titania devait aujourd'hui se chercher un lit de mousse, une clairière parfumée où elle puisse dormir, irait-elle dans ce parc aseptisé, sur cette pelouse-motel-confort-minimal-garanti ?

Je ne pense pas. Je ne pense pas.

Wells Fargo Inc.

Quand nous sommes arrivés au taxi, il y a eu un moment de flottement, flottement de la chemise d'Eileen dans le vent, flottement de sa crinière dans la nuit sombre, elle était l'étendard de notre indécision.

- Passe-moi les clés, je vais te relayer, a-t-elle dit à Conrad.

Il y a eu un petit moment de silence, c'était compréhensible, je n'avais jamais vu personne avoir le droit de conduire le taxi de Conrad, il était comme ces conducteurs de diligence qui fouettent et jurent et conduisent leur attelage dans les plaines désolées de l'Ouest en sacrant comme des beaux diables, mais qui jamais, jamais, ne laisseraient leur fouet à un pied tendre, une corne verte, ils sont nés sur la route, ont été bercés sur les cahots des chemins poussiéreux et c'est leur Mission à eux que de maintenir un lien entre les Hommes perdus à l'horizon.

Conrad s'est tourné à demi vers Eileen, elle le regardait en tendant la main, il n'avait qu'un effort à faire. Il mâchonnait son tuyau de pipe, regardait Eileen, se passait la patte dans les cheveux, marmonnait. On a entendu des grommellements du genre « Mmmfff boite de vitesses... pas facile... liquide de refroidissemfff... d'mande du doigté... Mmmf... doigté... » et puis il a plongé la main dans sa poche de jean, a tendu les clés qui brillaient dans la nuit bleue. Passation de commandement.

Conrad s'est juché sur le siège du passager, Aline et moi étions à l'arrière, curieux de voir ce qui allait se passer. Eileen est montée sur le siège du conducteur, a desserré les freins, a fouetté l'attelage en criant « Hoahey, Giddyap ! », Conrad a ouvert la bouche, aucun son n'est sorti, il l'a refermée avec un air renfrogné. La diligence a pris de la vitesse dans la rue principale, s'est arrêtée au bar-étable où Eileen a récupéré son sac de voyage, et puis les chevaux sont partis au galop sur la piste poudreuse, balisée par les cactus chandeliers, pour notre étape de nuit.

Étape de nuit

Eileen avait allumé un petit cigare brun et je la voyais, depuis la banquette arrière, une petite lueur orange illuminait son visage régulièrement. Devant moi, je ne voyais que la nuque de Conrad, mais c'était comme si j'avais vu son visage, une nuque c'est très expressif, surtout quand c'est la nuque d'un plantigrade itinérant. Eileen conduisait en douceur, on avait quitté la ville et elle n'hésitait pas à pousser la vitesse, on aurait dit qu'elle était guidée par la lueur des phares devant nous, qu'elle cherchait à les rattraper.

De la nuque de Conrad, si expressive, que pouvait-on dire ? Ouragan sur les rizières, tourment des âmes, l'œil ne voit que l'essentiel. Eileen brancha la radio, tourna le bouton à la recherche d'une station audible, et s'arrêta sur une intro à la guitare : *Everything's gonna be alright*, un des blues préférés du vieux Conrad. Habituellement, quand il entendait ce morceau, il souriait, on avait l'impression qu'il était ailleurs, et il se mettait à accompagner le morceau d'une voix de basse profonde, les yeux au loin. Y avait pas à dire, elle savait y faire.

Je vis la nuque se détendre, il tendit le bras, attrapa doucement le petit cigare au coin de la lèvre d'Eileen, en tira une ou deux bouffées songeuses, puis lui rendit, sa grosse patte avait la délicatesse d'un papillon qui ne veut pas réveiller les fleurs. Il étendit les bras, les mit derrière sa tête, je l'entendis rire un peu, pour rien, comme ça, il devait se dire « Bon sang, bon sang de bois » en rigolant, puis il dit « Ah, bah ! » et tout fut dit, tout fut réglé pour lui.

Stuffy beans

Vers l'aube, Eileen prit une route latérale et le taxi alla s'arrêter en chuintant en face d'une auberge illuminée. Elle se tourna vers nous, vers Aline qui émergeait et ouvrait de grands yeux, et dit « C'est le meilleur *Stuffy Beans* de toute la région, je vous l'offre ». Et tandis qu'elle descendait, qu'Aline me quittait, ouvrait la porte et allait rejoindre Eileen qui était déjà partie vers l'entrée de l'auberge, Conrad se retourna vers moi, me fixa. Je lui souris : « Ça n'est pas moi qui lui ai dit que le *Stuffy Beans* étaient ton plat préféré. Ni Aline. Et puis après tout, elle a aussi le droit d'aimer le blues et le *Stuffy Beans*... ».

Il hocha la tête, le regard fixé loin derrière moi, puis soupira et grommela pour la forme : « Le meilleur *Stuffy Beans* ! Qu'eski faut pas entendre ! »

Stuffy beans : arg. cuis. Sorte de plat intermédiaire, dont la recette varie avec la latitude et l'heure. Si l'on s'en tient à la froideur des faits, le *Stuffy Beans* est un plat de haricots blancs ou rouges (cuits au beurre), dans lequel siègent avec grâce des tranches épaisses de jambon, lui-même doré-sauté-grillé à la poêle. Certains esprits pointilleux ont cherché à décortiquer, décomposer, analyser le principe du *Stuffy Beans*, ils ont cru cerner ce plat avec des livres et des citations, mais ça n'est pas la bonne approche. Le *Stuffy Beans*, ce sont simplement des haricots et du jambon d'un côté, et un affamé de l'autre.

(extrait de *L'art du mijotage*, par Horace Diantredesdeux).

On s'est attablés dans la lumière, on a commandé quatre *Stuffy Beans* avec du café, Conrad a poivré ses haricots pendant qu'Eileen versait du Tabasco dans les siens, ça sentait bon le jambon doré.

Quand on est sortis de l'auberge-relais-routier, Conrad a passé son bras autour des épaules d'Aline et ils sont repartis vers le taxi, je restai sur le seuil à les regarder, à regarder les nuages blancs dans le petit matin. Méditation. Puis Eileen sort de l'auberge et vient me voir. Bon. Elle me regarde, piétine un peu, puis me dit : « Vraiment, ça ne vous gêne pas que je sois là ? »

Elle semble avoir un problème. Dans ces cas-là, il faut rassurer, prouver que Rien N'est Problème Si l'On a La Foi. Alors je soulève un sourcil étonné. « Non », dis-je, « pourquoi ? »

(Dans la discussion, c'est toujours le premier qui dit pourquoi qui a l'avantage, après on n'a plus qu'à se laisser glisser. C'est à ce genre de choses que je dois d'être encore en vie, sémillant et véloce comme au premier jour).

- Ben, vous étiez trois, et maintenant on est quatre...
- Mmmm... , fais-je.

Je prends un air songeur. Quand quelqu'un se pose un problème comme ça, il ne faut pas tout de suite le prendre à la légère, il faut communier avec lui, montrer qu'on pèse le pour et le contre de nos petites misères. Nous sommes tous humains après tout.

Enfin, je crois.

Je prends donc l'air sérieux, bien qu'intérieurement mon âme flotte telle une bulle de savon colorée. Et je dis :

- Oui, évidemment, c'est un problème.

Eileen a l'air un peu rassurée : son problème est devenu notre problème.

- En effet, dis-je, avant, on partageait nos rations de voyage en trois (j'aime bien parler de rations de voyage, ça fait Organisé). Maintenant, que faire ?

- On pourrait peut-être les partager en quatre ? suggère-t-elle, tout en se demandant si je me paye sa fiole.

- C'EST ÇA ! dis-je, C'est l'idée ! Voilà, tout est réglé ! Heureux d'avoir résolu ton problème ! Et ...

Et je la laisse là, c'est pas tout ça, il faut que j'aille voir Aline pour refaire mon électrolyse interne.

- De quoi parliez-vous ? me demande Alinette.

- Boff, de logistique nourricière, tu sais ce que c'est, l'intendance quoi.

Je regarde là-bas Eileen qui me regarde, les pieds plantés dans les touffes d'herbe desséchée. Et puis elle secoue la tête et vient nous rejoindre en souriant.

- Bienvenue à bord, dis-je.

Repos

Le taxi a grimpé le long d'une route en lacets, peu à peu la forêt s'est développée jusqu'à ce qu'il y ait un rideau d'arbres de chaque côté, Conrad conduisait en faisant Pom Pom Popom, on avait ouvert toutes les vitres et Eileen avait son bras sur la portière. On s'est arrêtés un peu avant le sommet, il y avait un petit chemin de terre sur la droite et on voyait plus loin une clairière et des champs. On s'est installés dans l'herbe à côté de rochers grisonnants, le champ descendait en pente douce vers la forêt, plus bas. Eileen a posé sa tête sur une cuisse de Conrad et s'est endormie dans le soleil, et lui essayait de ne pas bouger, clignant des yeux dans le soleil, environné d'insectes vrombissants de chaleur.

Tribunal de lapins

Quelques heures après, nous étions toujours au même endroit, nous avions fini de manger, le dos appuyé contre les rochers tièdes au soleil, et nous regardions le champ de bruyère et de serpolet et la forêt qui nous entourait. Eileen et Conrad regardaient fixement un endroit depuis quelque temps, j'ai touché silencieusement le coude d'Aline.

Deux lapins étaient venus vers les rochers en se cachant, ils devaient se demander si nous faisions partie de la race des Dangereux ou des Inoffensifs. Ils devaient aussi se croire bien cachés, derrière leur rocher à une vingtaine de mètres de nous, se dire avec fierté :

- Tu as vu, Moses, ils n'ont rien vu ! Nous sommes très forts ...

- C'est normal, Lincoln, nous sommes discrets. Et bien cachés.

Mais voilà, tout discrets qu'ils étaient, ils avaient oublié leurs oreilles longues et neigeuses, et on en voyait de temps en temps une paire qui se levait au-dessus du rocher quand un oiseau chantait, et puis l'autre paire d'oreilles se pointait, elles se tournaient brusquement d'un côté quand on entendait une branche craquer, puis l'une se retournait vers l'autre et les deux lapins recommençaient à discuter.

- Alors Moses, comment juger de leur inoffensivité ?

- Il y en a un qui a l'air d'un ours avec un pyjama à carreaux. Un ours qui se prépare à hiberner, ça n'est pas dangereux, dit Moses.

- Mais les trois autres ?

- Eh bien, il y en a une qui secouait sa crinière en riant, or les chevaux, fussent-ils sauvages, ne nous font jamais de mal. Ils nous poussent un peu avec leurs naseaux et soufflent un air tiède, et en hiver ça fait du bien. Donc en voilà une qui est inoffensive.

- Ah.

- Oui. Il en reste donc deux.

- Le petit chat n'a pas l'air dangereux : elle a les yeux dorés, et puis regarde-la s'étirer en plein soleil.

Aline me sourit, elle avait passé l'examen. Ne restait plus que moi.

- Il en reste donc un ...

- Ami des renards ...

- Donc fourbe et cruel ...

- Animé de mauvaises intentions à notre endroit ...

- Lui, quand il regarde un lapin, il voit un civet ...

Eileen s'agitait un peu, me jetait des regards en coin.

- En plus, il n'a pas l'air très malin, a dit Lincoln.

- Oh non, ho, ho, ho, moins malin qu'un lapin, ça c'est sûr, a répondu Moses.

Alors Eileen s'est levée, a mis ses poings sur ses hanches, et a grondé :

- Hey, les deux mangeurs d'herbe, montrez-vous un peu !

On a vu deux paires d'oreilles pointer vers nous avec effarement.

- Allez, venez présenter vos excuses !

Silence dans le camp lapin.

- Montrez-vous, ou je viens vous chercher à coups de sabots !

Alors on a vu un nez de lapin pointer d'un côté du rocher, à nous regarder piteusement. C'était Moses. Et puis Lincoln est apparu de l'autre côté, avec un air si effaré que j'ai ri tout seul, à voir ses oreilles pendantes et ses yeux écarquillés. Eileen a vu que je riais de leur déconfiture, alors elle a grommelé :

- Allez, c'est bon pour cette fois, vous pouvez circuler...

Ils se sont enfuis dans les hautes herbes, dépités, le bout de leur petite queue blanche a disparu dans la bruyère. Et nous, nous sommes repartis dans les hautes herbes, allégés, les pans de nos chemises flottant dans le soleil, nous avons repris le taxi surchauffé.

La route a commencé à descendre doucement, on voyait un lac au loin.

Lac

Conrad a garé le taxi sur la berge et nous avons remonté la jetée, une jetée de bois blanchie par le soleil avec une vieille rambarde noueuse pour empêcher les otaries de grimper sur les planches. Conrad et Eileen se sont arrêtés devant, quand nous les avons rejoints il lui parlait tandis qu'elle regardait l'étendue d'eau avec une main en visière.

On entendait Conrad qui disait :

- ... et tu comprends, c'est à ce moment seulement que tu verses les poivrons émincés, évidemment il y a toujours des impies qui mettent tout en vrac au départ, et après on s'étonne du manque d'amour dans les familles, non, ce qu'il faut, c'est procéder avec énormément de précautions et de tendresse ...

Eileen regardait l'étendue d'eau tout en se protégeant les yeux avec sa main en visière.

- Hey, tu m'écoutes ? C'est quand même important, non ?

Elle restait appuyée à la rambarde, les yeux fixés sur le lac, puis elle nous a regardés, a souri bizarrement, et a dit ...

Gros Bêta

Nous étions sur la jetée, Eileen s'est tournée vers moi, toute harnachée des pieds à la tête avec des bouteilles d'oxygène, des palmes aux pieds, des tubes partout et une espèce de harnais gonflable autour du buste. Elle a cligné de l'œil derrière son masque, a fait OK avec les doigts, puis HOP elle a sauté à l'eau pour rejoindre le moniteur. L'eau bleue moussait de bulles et d'écume blanche, puis le nuage s'est dissipé, Eileen et le moniteur se sont préparés et ont basculé vers le fond bleuté. Bientôt la surface a repris son teint de jeune fille, nous étions penchés sur la rambarde, à regarder silencieusement nos reflets dans l'eau.

Conrad s'est tourné vers moi en grimaçant : « Bon sang mais quelle idée ! Tu as déjà voulu faire ça, toi, dormir au fond d'un lac ? Est-ce que ça rime à quelque chose ?! ». Je ne savais pas très bien, c'est vrai que quand elle nous avait dit ça, on s'était regardés entre nous en se demandant ce qu'il fallait en penser. Eileen nous a dit qu'elle en rêvait depuis longtemps, que dormir tout au fond d'un lac, ça devait être reposant, et calme surtout, si calme, elle voulait le faire.

On aurait pu en rire, mais elle nous regardait sérieusement et Aline a dit qu'elle comprenait. Alors bon, si Aline comprend, il n'y a plus de questions à se poser. En tout cas, je le dis au risque de perdre mon indépendance intellectuelle chèrement acquise au fil des années, pour moi il n'y avait plus de questions à se poser. Mais pour Conrad, bernique ! Lui il ne comprenait pas, et qu'Aline lui dise ça, ça ne lui faisait ni chaud ni froid : il n'en voyait pas l'intérêt et on sentait qu'il était inquiet, peut-être qu'il imaginait que le fond d'un lac est toujours rempli de pieuvres d'eau douce et autres aquamonstres lacustres. Il n'avait jamais autant parlé et il faisait NON avec sa tête mais Eileen répondait avec un OUI têtu, avec un air un peu boudeur (et pourtant Eileen, habituellement elle n'était pas difficile, pas embêtante pour deux sous), et au bout d'un moment Conrad s'est tu. Puis il a fait un effort pour sourire et il est allé voir le moniteur de plongée, a passé un bras autour de ses épaules et lui a expliqué calmement qu'il lui couperait le nez si jamais il arrivait quelque chose à Eileen, le moniteur acquiesçait un peu nerveusement et il essayait de s'échapper mais Conrad faisait peser son bras un peu plus lourd tout en faisant semblant de rien, à lui expliquer qu'il tenait à Eileen et qu'on peut toujours vivre avec un nez coupé mais que c'est moins drôle en général. Quand il est revenu vers nous en grommelant, Eileen l'a pris par la taille en riant et en disant Gros Bêta.

Vénus

On a passé le temps a sucer des brins d'herbe dans le soleil, sur la berge à côté de la jetée. Il n'y avait quasiment personne, il était encore tôt et on voyait juste quelques pêcheurs, assis sur leurs pliants, surveiller leurs lignes avec un sérieux ecclésiastique. Conrad consultait fréquemment sa montre, se levait, allait vers son taxi, rebroussait chemin, se rasseyait en bougonnant, Aline restait bien tranquille contre mon épaule. Grand calme intérieur.

Une heure s'est écoulée et Conrad avait mâchonné douze petits bouts de bois, il avait fini par enfoncer sa casquette sur les yeux et ne voulait plus rien voir, à ressasser des pensées noires comme un seau rempli d'anguilles.

- Conrad ?
- Mmgrrff ?!
- Ils font surface...

Il a soulevé sa casquette, a regardé les deux petites têtes dans l'eau là-bas au bout de la jetée, nous étions déjà debout mais il restait assis là, les yeux étrécis, les bras passés autour de ses genoux.

- Allez, vieil homme, elle a besoin de ton aide...

Il s'est levé comme un grizzly neigeux, a commencé à marcher vers la jetée.

- Hey Conrad, attends-nous !
- Dépêche fiston, dit-il en riant et en accélérant, elle a besoin de nous.

Quand nous sommes arrivés au bout de la jetée, Conrad l'aidait à se débarrasser du harnais et des bouteilles, il ne disait rien mais souriait d'une oreille à l'autre et portait son harnais, ses bouteilles, ses palmes, son tuba, il avait passé son masque autour du cou et avait jeté la ceinture de plombs sur son épaule, tout ça dégoulinait, on aurait dit un mercenaire aquatique de retour de mission.

– Alors, Eileen ?

Elle nous regarda tous les trois un moment, secoua la tête, son regard était lumineux comme si elle était passée à travers une cascade, ou si elle avait caressé le museau d'une louve en liberté. Elle passa son bras autour de la taille de Conrad : « Pas de mots pour ça ».

Aline se tourna vers moi, le regard interrogateur, je dis « Si tu veux » puis me tournai vers Conrad. Il me regardait, il était toujours jubilant, mais il a compris doucement et le sourire s'est effacé de sa figure comme le vent efface les traces dans la poussière.

– Ah non, a-t-il fait, certainement pas, c'est hors de question !

– Ben quoi ? a dit Eileen.

Big Salmon Inc. (1)

- Qu'est-ce que c'est que ce truc, me demanda le moniteur en ajustant mon harnais, de vouloir aller dormir au fond d'un lac ? C'est une nouvelle secte, une mode pour rajeunir ?

Je le regardai avant de répondre, il avait des cheveux gris ébouriffés, des yeux clairs, un visage tanné et ridé par le soleil.

- Nous allons à la recherche du Grand Saumon, celui qui s'est endormi au fond d'un lac quand la Terre était jeune.

- Han, han, a-t-il fait, pas vraiment convaincu.

- Vous comprenez, le Grand Saumon, on ne le retrouve pas quand on ouvre une boite de conserve de la Civilisation (et en disant ce mot, je montrai l'ouest en prenant un air tragique), même si c'est une boite de saumon extra-fin...

Il s'éloigna en hochant la tête, pour aller vérifier le harnachement d'Aline. Je l'entendis qui renouvelait sa question à Tiny Aline.

Big Salmon Inc. (2)

- Quelle histoire de saumon ?
- Ben votre copain dit que vous voulez aller retrouver un Grand Saumon en dormant au fond des lacs ...
- Il vous a dit ça ? répondis-je, puis j'ajoutai d'un ton perfide : Et vous l'avez cru ?
- Ben vous savez, on voit tellement de choses ... Mais alors, c'est pour quoi ?
- Eh bien voilà ...

Et tout en parlant, je faisais de grands gestes pour qu'il comprenne mieux. Je montrai la jetée, les eaux si calmes du lac, il me regardait l'air effaré. Je lui montrai alors les montagnes environnantes, là c'était sûr, plus jamais il ne les verrait du même œil.

- Alors, il aurait quitté le Loch Ness pour venir ici ? Et la montagne est un gruyère tellement il a creusé de grottes ?

Je hochai la tête d'un air sérieux, c'était bien ça, il avait tout compris.

- Mais pourquoi avoir voulu changer ? (Devant son air dubitatif, je haussai les épaules en faisant une moue) ... et comment aurait-il fait pour venir ici ?
- C'est ce que nous allons tenter d'élucider, répondis-je d'un ton grave, en fronçant les sourcils pour bien montrer que ça n'était pas de la rigolade.
- ... et pourquoi dormir au fond du lac ? Vous n'avez pas des sonoscopes, des instruments de mesure osmotique pour le repérer ?

Je pris un air de commisération du genre Des-sonoscopes-non-mais-mon-pauvre-monsieur-pourquoi-pas-des-presse-purée, puis je dis « Je ne peux pas trahir le secret (air grave), j'en ai déjà trop dit ».

Et tu es arrivé à ce moment, solaire, bouillonnant, et tu as tapé sur l'épaule du moniteur :

- Renversant, hein ?!

Il s'éloigna en bougonnant : « Mais pourquoi que je leur pose des questions, hein ? Pourquoi je reste pas peinard à peigner la girafe, hein, bon sang d'ablette ! »

Il est allé vers Conrad, mais il l'a prévenu dès le départ :

- Dormir au fond d'un lac ? Ouais, c'est courant par ici, j'ai déjà vu ça, faut pas croire...

Conrad l'a regardé, a arrêté de mâchonner son bout de bois :

- Ça arrive souvent, vous dites ?

- Ouais, ouais, vous n'êtes pas les premiers, ça c'est sûr.

- Tous piqués, a grommelé Conrad en bouclant son harnais.

Pas de mots pour ça

Plongeon, étincellement de bulles qui remontent crever la surface, Conrad à ma droite, qui a gardé sa casquette (« Plutôt mourir ! » a-t-il grincé quand le moniteur lui a demandé de l'enlever avant de plonger), Aline un peu plus loin dans l'eau bleue, Eileen à ses côtés. Le moniteur nous précède en palmant régulièrement vers le fond, une dizaine de mètres plus bas. Descente ondoyante, ascenseur liquide, palmitude des profondeurs, je touche le fond sablonneux à côté du moniteur. Il me regarde, regarde autour de lui nerveusement, guettant un Saumon ou un Monstre.

Peine perdue, vieux, il faut avoir la Foi.

Aline et Eileen se sont assises sur le fond, un peu plus loin, elles s'allongent et hop, les bras étendus le long du corps elles ferment les yeux. Je vois Conrad qui les regarde aussi, qui se tourne vers moi en grimaçant, derrière son masque on dirait un mérou enfermé par erreur dans un bocal à poissons rouges. Je m'assieds en tailleur sur le sable, ça n'est pas facile avec des palmes, Conrad prend un air de cocker mouillé, et puis il s'assied, s'allonge, et regarde la surface, là-haut, à une vingtaine de mètres. Peu à peu, je le sens, je le sais, il se détend, il regarde les jeux de lumière à la surface, les bulles minuscules qui flottent autour de nous. Il étend les bras derrière sa tête, il fumerait bien une pipe sous-marine, dans ce bar bleuté, à s'écouter respirer. Il ferme les yeux.

Des quatre, je suis le seul qui n'aie pas dormi. Je me suis allongé, j'ai regardé les rayons du soleil qui jouaient avec l'eau, les poissons curieux qui venaient nous regarder, le moniteur montait la garde, à l'affût de Révélations, tandis que nous glissions sous une banquise dorée, environnés de narvals et de baleines blanches.

(avant)
Tu étais là

Je sortis de la librairie vers sept heures du soir. Je fermai le rideau métallique de devant, rangeai quelques bricoles, passai dans l'arrière-boutique et débouchai dans la ruelle derrière. J'aimais bien cette ruelle le soir, juste une petite issue entre deux maisons, j'aimais bien ma petite porte de derrière par laquelle je pouvais sortir sans éveiller l'attention de l'Ennemi. Avant de fermer la petite porte, je respirai l'odeur de la nuit tombée, jetai un coup d'œil vers le bout de la ruelle. Était-ce un soir de calme bleuté, toute chose étant en harmonie ? Les éclairs allaient-ils déchirer la nuit et les cœurs ? Je pensais à ce petit chat qui était déjà venu deux fois, qui cherchait un livre, son livre, j'aurais voulu pouvoir l'aider mais pour une fois, je me sentais étrangement vide, impuissant.

Je restai ainsi à ruminer devant ma petite porte fermée, un petit vent s'engouffra dans la ruelle et fit flotter les pans de mon manteau, large manteau dissimulatoire. Le vent soufflait plus fort, je me drapai dans ce manteau flottant, ramenai un des pans sur mon visage. Métamorphose : d'obscur libraire perdu au sein de la nuit et de son impuissance, je devenais le Héros Masqué, et le souffle qui me portait était le Vent de l'Histoire. Quoi, y avait-il des injustices, des carnivores par-delà le monde ? Le Héros Masqué était là pour faire régner le bon droit, et sa mission salvatrice l'emportait comme un surf sur les vagues de l'audace ...

Ainsi drapé, superbe et solitaire, je me mis à courir comme un félin vers le bout de la ruelle, prenant mon élan pour m'envoler et accomplir mon devoir nocturne. Je sentais mon Manteau Dissimulatoire flotter comme une cape, j'étendis les bras et débouchai sur le trottoir éclairé, jaillissant de la ruelle sombre comme un éclair doré. Je virai sec à gauche pour rejoindre mon engin spatial, le Libelluloplane.

Aline était là, devant la librairie, elle tourna la tête vers moi qui surgissais des profondeurs de ma métamorphose.

Je décélérai,
les pans de mon manteau anodin flottaient,
je revins doucement au pas,
mis les mains dans mes poches
et avançai encore,
finissant sur mon élan.

- Belle nuit, n'est-ce pas ? dis-je d'un ton dégagé.

Troisième partie :

Tijuana

If some of my homes
Had been more like my car
I probably wouldn't have
Traveled this far

Paul Simon

Lait et crème fouettée

- Dis-moi, déjà ... Pourquoi allons-nous là-bas ? me demanda paisiblement Eileen.

Je respirai un coup, elle conduisait ce taxi comme un vaisseau sur coussin d'air et la route était rectiligne jusqu'à l'infini.

- Ben, nous ne sommes pas des religieux, ou des intellectuels, non Madame, ça pour sûr nous ne le sommes pas... Nous allons là-bas... parce que c'est à l'ouest, parce que c'est au sud... parce qu'un livre existe peut-être là-bas, et que ce livre est notre quête. Parce que nos vies peuvent se résumer à quelques livres... et beaucoup de contemplation.

Elle me jeta un coup d'œil, avec cet air si particulier que je vois quelquefois apparaître sur certains visages. Un air étonné-dubitatif, c'est-y-du-lard-ou-du-cochon, un air qui finit souvent par tourner, comme le mauvais lait, et quand l'étonnement a disparu, il ne reste plus que le doute. La question se résume alors à « Est-il réel ? ».

Je ne sais pas moi, est-ce que je vous en pose des questions ?

Donc Eileen m'observait et me regardait et m'auscultait, tandis que je faisais semblant de méditer sereinement, alors que je ne faisais qu'écouter la discussion d'Aline et Conrad, derrière.

(Aline) - ... Et les ailes de l'avion, c'étaient des tranches de pain d'épice avec des haubans en sucre filé, elles étaient en forme de pelle à gâteau ...

(Conrad) - Ça n'est point bon pour l'aérodynamisme.

(Aline) - Non, mais comme ça, quand on passait à côté des nuages, elles recueillaient plein de crème fouettée.

(Conrad) - Bon sang de bois. J'aurais dû y penser.

Pluie d'argent dans la vallée

C'était Conrad qui conduisait quand c'est arrivé. J'étais assis à côté de lui tandis qu'Aline et Eileen discutaient à mi-voix, se demandant probablement comment elles pourraient extirper le péché et la balourdise de nos corps d'hommes. Y'avait du boulot.

Conrad conduisait, détendu, il s'est tourné vers moi, a ouvert la bouche et BAIIINNNNG, le pare-brise a volé en éclats, inondant l'intérieur du taxi d'une volée de bouts de verre tandis que le vent s'engouffrait en rugissant dans l'habitacle.

Vieux Bill Horseshoe

Nous nous sommes garés sur un terre-plein, un peu plus loin, la poussière brûlante est entrée dans l'habitacle quand Conrad a freiné, et nous étions tous recouverts de poussière jaune comme des coyotes des sables. Conrad est descendu en pestant, il tapait sa casquette contre sa cuisse en regardant les dégâts puis il a dit « Ah, seigneur ! » et il a tourné le dos au taxi, il a regardé l'horizon sans rien dire. Eileen et moi avons ramassé tous les petits bouts de verre qui brillaient, on aurait dit des grains de sucre cristallisé à la recherche d'un gâteau. Pendant ce temps Aline est allée voir Conrad, elle était la personne qui fallait, il n'y avait personne qui disait autant de choses en se taisant. Tout en ramassant mes grains de sucre, je les regardais du coin de l'œil, Conrad s'était accroupi, le dos toujours au taxi, et il secouait un peu la tête. Aline était debout à côté, le vent s'occupait de ses cheveux, elle ne disait rien non plus et regardait dans la même direction. J'ai retrouvé le caillou qui avait tout déclenché, il se tenait sur la banquette arrière avec un air du genre « Comment, c'est à moi que vous parlez ? J'aurais cassé quoi ? Non, c'est une erreur jeune homme ». Je l'ai balancé au loin, qu'il aille vivre sa vie ailleurs, il ne m'intéressait pas. On a fini de décoller les derniers morceaux de sucre du pare-brise et puis on a un peu brossé les sièges, les deux étaient toujours là-bas, Conrad regardait par terre et Aline fixait la route maintenant, elle regardait un vieux tracteur qui s'approchait, le conducteur avait un chapeau de paille comme on en met aux chevaux d'attelage, il avait même un trou de chaque côté pour laisser passer les oreilles.

Le tracteur s'est arrêté, et le conducteur a interpellé directement Conrad : « Hey, homme-taxi, tu as un problème ? ». Conrad a levé la tête, il a posé les mains sur ses genoux et s'est relevé en remettant sa casquette : « Ouais vieux cheval, tu peux le dire ». L'homme-cheval restait songeur face à l'homme-taxi, il avait l'air de réfléchir, tandis que les derniers grains de sucre s'écoulaient de ma main et tombaient dans le sable.

Le vieux conclut sa rêverie en disant : « Ça, c'est du travail pour Vieux Bill Horseshoe. On va aller voir Vieux Bill Horseshoe ».

Le convoi de la Rivière Sanguine

Le soleil, qui en avait assez fait pour la journée, se couchait dans un lit de nuages mauves parfumés à la violette. Il éclairait d'une lueur rouge-orange notre progression de pionniers. Le vieux au chapeau de paille conduisait son tracteur en fumant une pipe en maïs, et Eileen était assise à côté de lui, sur un garde-boue, elle fumait la pipe en maïs de Conrad.

Conrad ? Il était au volant du taxi, un capitaine ne quitte jamais son navire, même quand celui-ci est remorqué sur une petite route au fin fond du pays. Aline et moi étions assis sur le coffre à l'arrière, les pieds reposant sur le pare-chocs gigantesque du taxi, un pare-chocs épais en acier brillant, comme un espadon que l'on aurait pêché le matin même et qui serait trop gros pour qu'on le mette dans le coffre.

Je suis descendu et j'ai avancé, les mains dans les poches, il suffisait de marcher un peu plus rapidement que d'habitude, je suis arrivé à la hauteur de Conrad. Le soleil couchant colorait son visage, on aurait dit un acteur qui joue le rôle du Peau-Rouge mais qui a oublié de se raser, alors ça n'est plus crédible du tout.

(Parce que les vrais Peaux-Rouges sont imberbes).

- Ugh, boîte de conserve jaune.
- ... mmmff ... mboîte de conserffmf ... Gaminpf...
- Pourquoi toi avoir la figure sans sourire, homme-taxi ?

Conrad se tourna vers moi, les yeux un peu écarquillés, il ouvrit la bouche et puis s'arrêta, aucun son n'en sortait, il tourna à nouveau la tête et se remit à fixer la route devant, en soupirant. Bon. Je fis demi-tour, passai devant Aline à l'arrière, lui souris au passage puis j'allai m'asseoir à côté de Conrad tout ronchon. On entendait le taxi qui chuintait doucement, c'était un autre style de conduite, Conrad tenait le volant du bout des doigts, avec un air désabusé.

J'attendais, en humant les odeurs du soir (c'est pratique, finalement, de ne plus avoir de pare-brise). Conrad mâchonnait ruminait marmonnait, comme un bourdon neurasthénique, il était temps de lui apporter du réconfort.

- Conrad, vieux ...

- Mmm.

- Est-ce que tu regrettes d'être là ? Est-ce que tu voudrais être ailleurs ?

Je le vis qui restait immobile, englué dans son petit cafard, et puis son regard a bougé, il a fixé le compteur du taxi, au début du voyage il l'avait allumé et nous avait dit « On va voir jusqu'où ce compteur peut aller, ça fait dix ans que je me le demande... ». Son regard a dérivé, il regardait maintenant Eileen et Vieux Bill qui lâchaient tous les deux des bouffées de fumée pensives dans l'air du soir. Silence. Puis lentement, plus lentement que la mer qui monte, j'ai vu un sourire qui se levait au coin de sa lèvre, qui s'étendait, montait, enflait comme une vague, qui se répandait sur tout son visage.

Il se tourna vers moi, m'attrapa le bras et le serra dans sa poigne de grizzly :

- Pour rien au monde, petit, tu m'entends ...

Et il souriait comme s'il était empli de lumière, plein à craquer de certitudes,

- pour rien au monde...

Il continuait à me serrer le bras, à me regarder avec ses yeux plissés. Il tourna la tête et son regard alla chercher Eileen avec sa chemise à carreaux, il restait comme ça, à la regarder et à me broyer le bras. Il ajouta au bout d'un moment :

- Eh petit, ce voyage, avoue un peu ... ça n'est pas que pour Aline, hein ? ... Il n'y a pas qu'elle qui recherche quelque chose ?...

Je souris à mon tour, me dégageai doucement et lui tapai sur l'épaule avant de descendre du taxi. J'allais rejoindre Aline quand il me rappela :

- Petit...
- Ouaip ?
- Merci.

Je m'installai à nouveau à côté d'Aline.

- Tout va bien ?

- J'ai un bras complètement broyé, mais ça n'est pas grand-chose, on ne va pas s'arrêter à ces petites misères.

- Certes.

Mouvements syndicaux chez les lettres

Nous arrivâmes à la nuit tombée, bien tombée, ça il n'y avait pas de doute, il n'y avait plus aucune lumière sauf la lune qui brillait comme une pastille de sucre. Sur le bord de la route, loin devant, on voyait une cabane en bois et des clôtures derrière, un grand parc rempli de formes sombres, c'était peut-être un cimetière de dinosaures ou bien un parc d'attractions qu'on a démonté en attendant l'été prochain, ou encore les décors d'un vieux film que tout le monde a oublié, sauf nous.

Sur la cabane, il y avait une grande enseigne qui nous faisait face, et au fur et à mesure que nous avancions, les lettres se détachaient de l'ombre, se liaient les unes aux autres, puis des mots apparaissaient. D'abord, on avait vu un grand W jaune, puis des petites lettres rouges, puis un grand H jaune et encore des lettres rouges.

Wrgggrgml Houbloummmshctr.

En dessous, il y avait encore quelques mots, mais on ne voyait pas bien, et pourtant c'était en blanc, on ne pouvait pas dire qu'ils ne faisaient pas d'efforts. Dans ce pays, c'étaient visiblement les jaunes qui donnaient le ton initial, et les rouges n'avaient pas leur mot à dire, ils s'alignaient en rang serré parce qu'ils craignaient d'en prendre pour leur grade. Quant aux blancs, même s'ils étaient en-dessous, on sentait bien qu'ils faisaient bande à part, ils étaient neutres dans cette lutte de classes.

Entre-temps, les rouges avaient accédé à l'existence. On pouvait désormais lire :

William Horseshoe

Et en dessous, en blanc,

vrac vrac vrac

Voilà.

Vieux Bill Horseshoe (2)

Conrad avait garé son taxi sur le terre-plein devant, pendant que le vieux allait ranger le tracteur le long de la bicoque. A travers la clôture, on pouvait voir
des carcasses de voitures,
des réfrigérateurs,
une antenne radar,
une rangée de sièges fixés à une longue plaque de tôle,
deux baignoires en fonte,
des essieux,
des engrenages haut comme un homme,
un petit avion sans ailes,
des miroirs avec des moulures dorées,
un fauteuil de dentiste.
Un vrai terrain de jeux, quoi.

Vieux Bill Horseshoe (3)

Le vieux alla frapper à la porte : « Vieux Bill ! Y a du monde pour toi ! ». Puis il entra tout naturellement, on entendit un peu de remue-ménage, un grommellement, et un pas lourd qui s'approchait. Le même vieux ressortit sur le seuil en s'étirant et en baillant :

- Mouaaahhh ... Vous m'avez réveillé, les gars.

- C'est vous, Vieux Bill Horseshoe ? a demandé Conrad.

- Eh oui, Vieux Taxi. Alors, quel est ton problème ?

Conrad passa la main dans ses cheveux et pointa dans son dos, sans se retourner. On voyait bien que ça lui faisait du mal de voir son taxi tout abîmé. Vieux Bill se haussa sur la pointe des pieds et ses yeux s'étrécirent comme s'il voyait le taxi pour la première fois. Il marmonna pour lui-même :

- Hmmm... Pare-brise ... Dodge 1964

- ... 63, dit Conrad, en fixant ses pieds.

- Hmmm... Faut voir. Pas facile.

On restait tous sur un pied, baignés par un rayon de lune, comme des fantômes mal rasés.

- Restez pas là, les gars, entrez manger un morceau.

Cargo cabane

A l'intérieur, il faisait assez sombre, pas de cette obscurité qui mange tout et laisse les petits enfants frissonnants, non Monsieur, de la belle obscurité tiède, qui atténuait les reflets du cuivre (du cuivre patiné, dans cette bicoque ?), qui absorbe totalement les bois sombres (ébène, teck) et qui souligne juste les bois clairs, comme des bouées apparaissant dans la tempête. C'était un bateau, amarré à jamais, ancré au-dessus de dix mille pieds de terre, immobile, puissant, un bateau en cale sèche mais un bateau tout de même. Le vieux s'était installé dans un fauteuil à bascule en bois sombre, avec des ferrures dorées, et toute la pièce semblait rayonner autour de lui :

un compas à cardans,

un tonnelet de rhum des îles,

un compas à huile,

des marines accrochées aux murs, encadrant

deux lunettes d'approche, dont l'une avait dû servir de massue à un fier corsaire (un peu tordue, quoi),

un sextant posé sur une table à cartes, et jouant le rôle d'un presse-papiers

une figure de proue dans un coin, taille humaine, représentant un gabier barbu

une autre figure de proue, en bois plus sombre, lui faisant vis-à-vis. Une superbe femme des îles, et (je me permets de le souligner) pas une de ces images tentatrices issue d'un cerveau masculin embrumé par l'alcool et les vices. Non Monsieur. Une reine.

George et Théa

Vieux Bill voyait nos regards glisser sur les instruments, s'arrêter sur les figures de proue situées chacune dans un angle de la pièce, repartir le long des murs, l'obscurité se diluait, la vieille lampe à pétrole qu'il avait allumée ressemblait à un vieux fanal de navire envoyant une vieille lumière dorée dans cette vieille pièce. Vieux Bill me scruta alors que je regardais le gabier barbu :

- Mademoiselle, permettez-moi de vous présenter George.

- Enchanté George. Aline.

- Salut, boucanier. Conrad, navigateur-gazoline.

- Bonjour, George (fut la réponse timide d'Eileen).

Mais toi, tu étais tourné vers la princesse des îles :

- Bonjour Madame, as-tu dit.

- Théa, dit le vieux. C'est pour elle que George a échoué ici.

- Tu as eu raison, vieux George. Ça n'est jamais bon d'être seul à terre.

- Bien dit, mon gars. Tu es marin aussi ?

- Par adoption, Vieux Bill : on pourrait me surnommer Jonah.

Il te regardait en hochant la tête, puis il se tourna vers moi :

- Comment s'appelle ton cavalier, demoiselle ?

- ... On l'appelle La Brise.

Dîner des Grands de ce Monde

On était assis autour d'une plâtrée où l'on reconnaissait des œufs, des pommes de terre avec du lard et du bacon, des tomates, quelques poivrons, quelques épices. Conrad avait passé un tablier rose sur lequel on pouvait lire « Embrassez la cuisinière », et il avait oublié de l'enlever en passant à table. Je l'affirme, dîner dans un navire immobile face à un plantigrade revêtu d'un tablier rose à volants était une expérience qui méritait à elle seule tout ce voyage.

- Qu'est-ce que tu regardes, Aline ?
- Tu me fais penser à une danseuse de french cancan dans un saloon.
- ... ? ... Bon sang de bois, j'avais oublié ce fichu tablier !

Nous étions assis autour de la table à cartes, j'avais mon assiette posée sur le Pérou, Conrad était du côté du cercle arctique, Eileen était en Norvège et toi tu pataugeais non loin du Cap Vert. Vieux Bill régnait sur l'Australie, en bout de table.

Ça n'était que justice.

Dîner des Grands de ce Monde (2)

- Voilà, nous dit Vieux Bill en s'essuyant la bouche, vous êtes coincés ici pour la nuit. Je peux vous loger.

Nous eûmes un regard entre nous. Conrad jaugeait la petite pièce circulaire.

Pensées de Conrad

Bon, en virant le vieux coffre à bois (bon sang, faudra le porter à deux), on devrait dégager suffisamment d'espace pour loger un raton-laveur. Evidemment, on peut clouer les sièges au plafond, ça mettra un deuxième raton-laveur à l'aise, pas de problème. Quant aux autres...

Dormir dans le frigo ?

Y a peut-être une cave ?

Bon sang de bois ...

Dîner des Grands de ce Monde (3)

Vieux Bill continua :

- dans le parc dehors, il y a deux ou trois cahutes pour les voyageurs égarés. Ça n'est point le grand luxe, mais comme vous n'êtes pas arrivés en smoking (sourire) et robes du soir (inclinaison de la tête), ça devrait aller.

Conrad, homme pratique :

- ... Et pour mon pare-brise ?
- J'ai une idée. On verra demain.
- Et ... pour cette nuit, dans les cahutes ?
- On verra demain. Si vous me donnez un coup de main, on pourra s'arranger facile (et en disant cela, Vieux Bill chassait l'air avec sa main, comme John Wayne dans Rio Bravo).

Après hochements de tête réciproques, Vieux Bill se leva, attrapa une lanterne de cuivre au mur, l'alluma à une des lampes à pétrole :

- Si vous voulez bien suivre le bagagiste, il va vous montrer vos suites ...

Je pris le bras d'Aline façon grand seigneur, Conrad celui d'Eileen, le cortège était constitué :

- Vous remercierez vivement le propriétaire, honorable bagagiste. Vous pouvez larguer les amarres, nous sommes prêts.

Tandis que Vieux Bill et son rond de lumière nous précédaient dans la nuit, Aline me chuchota :

- C'est quand même bien tombé, non ?

- J'ai le génie de l'organisation, répondis-je.
Et la nuit nous picorait le visage de baisers frais.

Un rêve d'Aline

La banquise était saupoudrée de sucre glace et ça envoyait des étincelles dans tous les sens, c'était une piste aux étoiles en plein pôle nord. Il y avait un cercle d'ours blancs qui dansaient en faisant Pom, Pom, Pom, au milieu de toute cette étendue blanche. Ils avançaient tous ensemble, puis se prenaient par le bras, faisaient des entrechats tout en disant Pom, Pom, Pom, Pom, puis ils se remettaient à danser débonnairement. Un des ours a fait un entrechat, et puis il est retombé sur un pied, a fait Oups et s'est retrouvé les fesses dans la neige. Ça avait fait Pom, Pom, Pom, Oups, et les autres dansaient autour de lui, il battait la mesure avec ses pieds tout blancs tout neigeux en restant étendu mollement, les yeux fixés sur les nuages, un sourire ineffable sur ses babines.

Cahutes

Je m'éveillai à l'invitation d'un parfum de soleil timide, sur les carreaux de la petite cabane. Nulle odeur de café brûlé.

Je me levai sans déranger Aline, qui était visiblement occupée à se bricoler un rêve à trois étages, et sortis face au parc d'antiquités mécaniques. Il y avait des piles d'objets mastodontes et des allées larges, ceux qui passaient dans la région en montgolfière devaient voir un quadrillage d'allées bien nettes, avec de temps en temps une petite cahute en bois. Nous avions dormi dans la cahute n°5, une petite pièce avec un grand lit à ressorts, quatre murs en bois autour et un toit pour couronner le tout. Je savais qu'Eileen et Conrad étaient dans la cahute 18, de l'autre côté du parc, et je me demandais si les autres petites cabanes que je voyais abritaient aussi des voyageurs express. Je m'avançais vers la première cabanette, à la réflexion, elle avait plutôt l'air de contenir des objets fragiles, vu qu'il n'y avait même pas de porte, juste un rideau qui bougeait un peu. Quel contenu, quelles découvertes ? Abat-jour ? Rasoirs de barbier ? Roulettes de casino ?

J'hésitai sur le seuil : l'intérieur était sombre et frais, alors que j'avais le dos chauffé au soleil. La bicoque faisait dix pieds sur douze et contenait des meubles en bois verni, chacun recouvert d'une bâche, ou un drap, une cape, une voilette, une descente de lit. Au choix.

Sur une table roulante à côté de l'entrée, une vieille machine à coudre, du type de celle qui avait piqué la Belle au Bois Dormant, rêvait à sa splendeur passée. Je passai la porte et m'accroupis devant l'objet. La roue d'alimentation ne tournait plus, mais c'était probablement un problème de graissage. Je trouvai une burette d'huile qui flânait sur une des étagères, et entrepris de rendre les derniers honneurs à cette ravaudeuse mécanique.

Après un démontage sommaire et un tendre graissage, la vaillante machine fonctionnait à nouveau et réclamait de l'ouvrage. Je lui promis d'en parler à Vieux Bill, et elle me remercia, me disant que j'étais fort serviable. En me relevant pour libérer mes jambes ankylo-accroupies, je jetai un œil à une grosse caisse en bois sans couvercle, coincée entre la table de la machine à écrire et un vieux classeur verni. Son contenu était recouvert d'un vieux drapeau américain délavé, ce qui faisait que l'on ne voyait point les objets ainsi entassés.

Ça devait probablement être des entonnoirs en cuivre, ou une collection de fers à friser, ou encore des récipients en étain allant de l'once au gallon.

Je soulevai le drapeau : la caisse était remplie de vieilles machines à écrire en vrac.

Je crus voir un cimetière d'instruments de musique.

Cahutes (2)

Une fois que j'ai expliqué aux renards qu'ils ne doivent pas faire leurs cérémonies de mariage si près des clairières, parce que sinon les humains voudront s'inviter à la noce, je me réveille avec la certitude d'avoir accompli une bonne action. Bon, comme d'habitude, tu t'es levé à cinq heures du matin pour aller jouer dans le parc aux antiquités, et j'émerge donc au milieu des draps comme une abeille au milieu d'un lys blanc.

Bzzzzz.

Entrouvrant la fenêtre comme une squaw sioux, j'essaie de repérer ta trace dans le sable léger du sentier. Nulle trace, mais une sorte de bruit (tic, tic, tic) dans la petite cabane là-bas, à côté de la statue en bidons métalliques. Bien, c'est là-bas que le coyote se cache. Armons-nous et allons-y.

- Que fais-tu, demandé-je, en constatant in petto que tu es en train de te pencher sur une vieille machine à écrire vénérable.

- Je me penche sur une vieille machine à écrire, réponds-tu. Puis tu ajoutes, par souci de précision : vénérable.

Je me penche à côté de toi, et nous hochons la tête ensemble face à ce respectable vestige du passé. Corona, 1918.

- Dans la caisse à côté, il y a quelques autres Corona, deux Remington, une Underwood, plus quelques autres en dessous, dis-tu, ô toi mon coyote à poil ras.

J'attends.

Tu me regardes, souris, me dit :

- Je crois que je peux les réparer. Je crois que je vais les réparer.

Je hoche la tête, vu que ça ne me dérange point. Alors tu claques tes mains sur tes cuisses et tu te redresses :

- Allons préparer un petit déjeuner énorme, pour changer.

Ça marche.

- Aline, dis-je.
- Mmm..., dit-elle, le nez plongé dans un journal de 1896 qu'elle a trouvé dans une malle.
- J'ai fini de réparer la première Corona.
- Mmm ?...
- Cela ne t'embête-t-il point de la tester de tes doigts agiles ? D'inaugurer sa nouvelle vie mécanique ?
- ... ? ... Qu'est-ce que j'écris ?
- Ben, je ne sais point. Essaie d'utiliser les 26 lettres de l'alphabet, comme avec la phrase « Portez ce vieux whisky au juge blond qui fume ».

Aline repose son journal de 1896, se lève de sa chaise à bascule et vient avec moi dans la cabane. Elle s'installe devant la machine, insère une feuille blanche, et tape :

Bring - very quickly - this old whisky to the fair judge, yep, the one who'z smoxing.

Sur le papier, il y a marqué :
Bring - very quickly - this old whisky to the fair judge, yep, the one who'z smoxing.

Ça marche.

Anecdotes

Le soir venu, Vieux Bill nous proposa d'aller voir Bob Brozman, un gars du cru qui jouait de la guitare acoustique dans une vieille grange, à quelques miles. Il nous y emmena en camionnette, un vestige de l'histoire automobile qui démarrait à condition qu'au moins deux personnes s'occupent du moteur, mais une fois que l'engin avait démarré, on pouvait s'installer sur la plate-forme arrière et regarder la campagne défiler.

Quand nous entrâmes, la salle était bondée, chaleureuse, les bières brunes circulaient, les hommes se tapaient sur l'épaule ou bien s'accoudaient dos au comptoir pour juger de l'ambiance, quand on entrait là-dedans ça faisait comme une vague tiède qui vous enveloppait. Vieux Bill se frayait un chemin en distribuant des tapes dans le dos et des coups de coude, il nous installa d'office au bar et commanda des bières. Repoussant son chapeau en arrière, il nous raconta quelques anecdotes, la grande épidémie de '32, et le temps où il était journalier dans les fermes céréalières, là où il n'y avait qu'à accrocher son chapeau à la porte pour s'installer, de toute façon y avait toujours besoin de main d'œuvre. Il nous parla aussi de sa tentative pour être cultivateur « mais tu vois, j'avais pas choisi le bon cheval... La charrue, le lopin de terre, ça, y avait pas de problème, mais le cheval ! Ah Seigneur, il lui fallait boire un seau de vin avant de pouvoir commencer à travailler, et je partageais toutes mes bières avec lui. Je l'avais appelé l'Eponge, tellement il sirotait. Certains soirs, il s'arrêtait tout net au milieu d'un sillon et se mettait à ronfler, debout, tout en lâchant un pet de temps en temps, et si par malheur je le réveillais, il me regardait avec ses yeux fatigués, désabusés, laisse-moi dormir nom de dieu et puis il soupirait un coup et repartait dans ses rêves.

Finalement, le jour où je me suis rendu compte qu'il me coûtait plus cher qu'un tracteur, je l'ai donné au pasteur. Depuis, il ne boit plus que de l'eau, et il tire dignement la charrette de la paroisse ».

Vieux Bill s'adossa au bar, le regard dans le vague, moitié rêveur moitié regret. « Il n'y a plus que moi qui l'appelle l'Eponge maintenant, puisque le pasteur l'a rebaptisé. Ismaël le Racheté, voilà comment il s'appelle maintenant... »

Ballade

Au fond de la salle, une lumière s'alluma, dévoilant une petite estrade de bois. La rumeur s'adoucit brusquement, on entendait encore un ronronnement de conversations, les bouteilles de bière qui tintaient, le bruit des chaises sur le plancher de bois. Puis un jeune gars arriva en costume, avec une jaquette sombre et une chemise immaculée, comme une gravure de mode des temps anciens. Il portait deux étuis noirs, brillants, un grand et un petit. Il s'installa sur l'estrade, à califourchon sur une chaise, et sortit de son grand étui une guitare d'acier étincelante, une de ces antiquités sonores issues du delta du Mississippi.

- *National Style N...* 1931, souffla Conrad avec respect, et Vieux Bill hocha la tête.

Le gars-gravure gratta un ou deux accords, puis commença à jouer un blues javanais, une musique d'accompagnement sautillante et glissante sur laquelle il chantait avec une voix de basse ronde et chaude :

Quand j'ai acheté ce vieux frigo
Bon sang y faisait si chaud, si chaud
Que du Kentucky à L'Ohio ou-oh
Les bières me demandaient à boire, à boire

Oh mon frigo ou-oh
Mon vieux copain, mon vieux poteau

J'te porterai dessus mon dos ou-oh
Du Kentucky à l'Ohio

Tu sais nous on est des cheminots
Jamais d'maison jamais d'repos
Juste une galette jambon-fayots ou-oh
Dégustée su'l bord d'un trottoir, trottoir

Oh mon frigo ou-oh
Mon vieux copain, mon vieux poteau
J'te porterai dessus mon dos ou-oh
Du Kentucky à l'Ohio

Puis un solo époustouflant, où le gars utilisait la caisse de résonance comme une percussion tandis que ses doigts couraient avec vélocité sur le manche, ça faisait dzing, dzing, TAC, toing, tong, BOUM, TAC, et la salle chahutait joyeusement en rythme, le plancher en vibrait.

Quand s'ra venue l'heure du tombeau
Ne pleurez pas, pas de sanglots
Enterrez-moi 'vec mon frigo ou-ho
rempli ras-bord de bières à boire, à boire ...
Oh mon frigo ou-oooooh...

Arriva un second solo pas piqué des hannetons, et tout en jouant, le gars-gravure se balançait légèrement, on voyait les pans de sa jaquette qui battaient la mesure. Et tandis que ses doigts glissaient le long des cordes, tandis qu'il était environné de cette musique tintinnabulante, il fredonnait pour lui tout seul, hors du temps, il lâchait juste de temps en temps un Wouap Wouap rocailleux.

Marée humaine

Au moins une fois dans ma vie, je le dis, j'aurai vu une assemblée se soulever comme la mer, avec un grand appel, une foule animée, chaleureuse, lançant des vivats à un petit musicien de cambrousse qui faisait résonner sa guitare sur scène.

Bob Brozman jouait des valses twistées,

des chants tahitiens langoureux,

des blues purs,

ça racontait des exploits de John Henry, le colosse qui bâtissait des voies ferrées tout seul,

ça parlait d'un fantôme qu'il avait rencontré dans le moteur d'un autocar Greyhound, « coincé là comme un génie dans une bouteille de bourbon »,

et le jour où l'on avait voulu attaquer sa guitare à l'ouvre-boîtes (mais l'ouvre-boîtes s'y était cassé les dents),

et les îles enchantées où-les-paupières-des-femmes-sont-des-rideaux-d'amour,

tout cela nous remuait les zygomatiques, la salle ronronnait doucement entre les vivats, on était comme en famille, allez, l'Homme n'est pas foncièrement méchant.

Les îles enchantées

Après son tour de chant, après qu'il eut joué du ukulélé debout sur une table en tapant du pied, qu'il eut été porté en triomphe dans toute la grange et à l'extérieur, Bob passa entre les tables, les hommes lui donnaient des bourrades affectueuses, les femmes lui parlaient en le regardant un peu par en-dessous, mais lui gardait l'air de celui qui ne voit rien, rêveur détaché du monde. Enfin il arriva vers notre table, où Vieux Bill lui faisait de grands signes. Il s'installa à côté de Conrad, qui commanda une bière et la lui servit.

- Ça a l'air de sacrément dessécher le gosier ...
- C'est rien de le dire, partner, c'est rien de le dire.

Il se tourna vers Vieux Bill :

- Comment va Théa ?

- Toujours le grand amour, je suppose. En tout cas, elle reste avec lui.

- C'est bien, sourit Bob.

Vieux Bill nous présenta collectivement (« Des pèlerins, Bob, des pèlerins ») et l'on trinqua. Conrad n'avait d'yeux que pour la guitare que Bob tenait doucement entre ses jambes :

- Sacré instrument, dit-il avec une moue admirative, la dernière que j'ai vue, c'était il y a une dizaine d'années, chez un vieux polonais brocanteur, à Petaluma, lui-même la tenait d'un chercheur d'or ...

Bob redressa la tête, l'œil allumé :

- C'est celle-là même, partner. Je l'ai échangée contre le ukulélé de mon grand-père, il y a neuf ans.

- Pour une coïncidence, grommela Conrad d'un air amusé. Il se grattait le crâne en regardant cette guitare, un peu attendri de ces retrouvailles, comme un ours sentimental qui retrouverait un vieux copain. Bob et lui se mirent à parler musique, survolant le delta du Mississippi, les bayous de Louisiane, et Conrad évoqua ces pays lointains :

- Tu devrais aller jouer là-bas, vieux, ils ont besoin de toi...

Bob soupira, fit glisser rêveusement une main sur la partie métallique de sa guitare.

- Tu sais, il y a peu de gens qui apprécient ce type de musique... J'en ai fait ma vie (je me demande parfois si la nuit, je ne joue pas pour mes compagnons de rêve), mais, par moments, j'ai l'impression ... d'être un homme analogique dans un monde numérique. De ne plus vraiment avoir de place.

Et en disant cela, il tenait un pan de sa jaquette, le regardait d'un air songeur, le laissait retomber.

Allons bon, me dis-je, une âme en peine.

Âmes en peine

Je détournai les yeux vers Aline, je surpris le regard qu'elle fixait sur Bob, sans pouvoir y lire quoi que ce soit. C'est difficile à expliquer, mais ce regard était annonciateur de changements, plus encore que la douce rêverie qu'elle avait eue et qui nous avait lancés dans cette épopée.

Pourquoi allions-nous là-bas ? Pour trouver un livre hypothétique ? Ce soir, je vis qu'Aline changeait doucement, je ne pouvais rien faire pour l'empêcher, je ne savais même pas ce que cela devait signifier.

Vieux Bill me toucha l'épaule :

- Dis-moi, fils, tu peux venir m'aider à démarrer ma camionnette ?

Il me regardait avec douceur, me pressait un peu l'épaule, histoire de dire « Allez viens, mon gars, tu ne peux rien faire, tu ne sais même pas de quoi il retourne... ».

Je me levai, le suivis. En quittant la grange, je vis qu'Aline parlait avec Bob, et Conrad et Eileen écoutaient en hochant la tête d'un air grave. La nuit était pure et froide, une de ces nuits à aurores boréales, je glissai mes mains dans mes poches à la recherche de chaleur.

Ça marche (?)

Au fil des réparations, j'avais acquis un petit coup de main, j'y arrivais désormais assez rapidement. D'ailleurs, ça amusait aussi Aline, elle cherchait des variations sur la-phrase-avec-les-vingt-six-lettres-de-l'alphabet. J'arrivai avec la dernière machine alors qu'Aline testait encore la précédente.

- Tu n'as pas fini ?
- ... Non, dit-elle sans relever la tête.

J'attendis un moment, debout à tenir la dernière machine, tandis qu'Aline tapait régulièrement, allait à la ligne (gling !), puis continuait à taper, retournait à la ligne (gling), puis un nouveau gling, et encore gling ... et gling encore ...

- Tu n'as pas tapé les 26 lettres ?
- Si, dit-elle, les yeux fixés sur son papier.

J'hésitai. Pour la première fois depuis que nous nous connaissions, j'avais l'impression de la gêner, debout sur le seuil de cette porte, une machine sur les bras. J'essayai malgré tout :

- Alors la machine est testée, tu peux ...
- Non, pas encore, dit-elle.

Je me tus.

- Je n'ai pas fini, dit-elle.

Quand tu ne comprends pas, inutile de t'échiner. Marche un peu sous la nuit, essaie juste de mettre un pied devant l'autre. Je quittai la cabane, et tandis que je m'éloignai, le tic-tic-tic de sa machine me suivait, m'enveloppait, m'inquiétait.

Gloire à nos courageux pilotes

Ma machine toujours sur les bras, j'allai voir du côté de chez Conrad et Eileen. Vieux Bill avait vaguement idée de l'endroit où il pourrait trouver un pare-brise, mais c'était dans un coin reculé du parc, et pour y accéder il fallait soulever au moins deux tonnes de ferrailles. Conrad y avait travaillé depuis quelques jours avec Vieux Bill, et il restait encore une bonne pile à déblayer. Quand je tournai au coin de l'allée, Vieux Bill était en haut d'une pile et guidait Conrad qui attrapait les ferrailles avec une petite grue.

Eileen était en train de venir vers moi. Elle me dit :
- Je vais acheter quelques victuailles, vous voulez venir ?

J'hésitai un moment.
- Aline est occupée. Je vais venir.

Eileen répondit Mmmm tout en marchant, elle avait sa liste de commissions en tête, et n'écoutait pas vraiment, elle était toute à ses préoccupations alimentaires. C'était bien.

Nous arrivâmes au taxi, et j'eus une sorte de doute, dont je fis part à Eileen :
- Hey ...
- Mmmm ?
- Il n'y a plus de pare-brise au taxi...

Elle s'arrêta, me regarda, elle avait l'air de me découvrir. Puis elle me sourit, et me dit qu'elle aussi l'avait remarqué, et qu'elle contrôlait la situation. Je m'installai donc sur le siège du passager, claquai la portière, levai les yeux : pas de doute, on voyait bien le capot, la route là-bas, et à moins de rouler à 10 miles à l'heure, nous allions pleurer comme des crocodiles enfumés dans une valise. Je m'abandonnai au désespoir : Eileen venait de s'asseoir, comment lui annoncer la Réalité, comment lui annoncer que ce monde cruel ne pardonnait rien à ceux qui n'avaient point de pare-brise ?

Je me lançai :

- Eileen, avant que tu démarres, il faut que je te parle ...

- Bien, dit-elle, mais que cela ne t'empêche point de mettre tes lunettes.

Je me tournai vers elle : elle avait revêtu des lunettes d'aviateur, ces lunettes de verre-cuir-acier que portent tous les aviateurs de légende, et elle m'en tendait une paire. Je les revêtis : j'avais désormais un pare-brise personnel. On pouvait y aller.

- Alors ? me demande Eileen

- On peut y aller, dis-je. Le monde a eu pitié.

Et ta peine sera lavée dans les eaux d'un fleuve boueux

La route du retour était toute longiligne, Eileen menait le vaisseau sereinement (comme elle avait mené les courses sereinement, me laissant le rôle du porteur) et le vent transformait ses cheveux en drapeau, en étoffe ondulante, illustrant sa liberté d'aventurière qui ne se laisse peigner par personne, sinon par le vent issu des montagnes rocheuses. Le soleil était haut dans le ciel, la route tremblotait sous la chaleur, Eileen me parlait sans que je n'entende rien, le vent du large me sifflait aux oreilles, entrait dans l'habitacle, tourbillonnait, bourdonnait et Eileen chantonnait et je n'entendais rien, sinon le sifflement soutenu du vent dans mes oreilles.

Le vent qui me prouvait que nous étions en mouvement, petite tache jaune qui filait sur une route toute droite. Vivants quoi.

Nous arrivâmes, Eileen gara le taxi, l'air retombait autour de nous, le silence probablement aussi, mais je n'entendais rien, simplement « Pschhhhh » dans mes oreilles, j'avais encore du vent sous le crâne et il cherchait la sortie, chuintait comme du satin qui glisse ou comme une assemblée d'abeilles en train de prier.

Aline venait vers nous, vers moi, elle parla, je n'entendais rien, je voyais juste son visage, j'essayais de deviner si elle était soucieuse, rieuse, anxieuse, lucide, calme, chagrinée, légère. Elle leva les sourcils, comprit que je n'avais rien entendu, et recommença à parler, toujours avec cet air indéfinissable :

- (Pschhhhh)

- Je n'entends point, dis-je (pourtant, j'entendais bien ma voix. Mais de l'intérieur, par résonance intime). Et pour accompagner mon propos, je montrai mon oreille.

- (Pschhhhh) ...ou... (Pschhhh) ...rouana... (Pschhh)

- Hein, comment, quoi ? disais-je distraitement, tout en sortant la machine à écrire du taxi (ne sachant où la mettre, je l'avais emportée pour faire les courses).

- Nous n'irons pas à Tijuana, dit Aline.

Quatrième partie :

Magnolia

I'll never leave you
I'll never leave you
I know that you know
that my life
would be nothin'
without you
I'll stay with you forever
I'll stay with you
For what else can I do ?

Tuesday Jackson

Quelque part au sud

J'achevai de mettre nos affaires dans le taxi quand Conrad est venu me voir :

- Alors, petit, on va où ?

Je refermai le coffre, et regardai par la lunette arrière. Vieux Bill et Conrad avaient fait un travail de chirurgiens, le taxi était à nouveau flambant neuf, et près du tableau de bord, je voyais le compteur qui était toujours en marche.

Je me redressai, fixai Conrad avec une moue d'impuissance. Je ne savais pas si c'était une bonne idée de rebrousser chemin, de parcourir à nouveau le même trajet, et j'avais un sentiment d'échec, nous n'avions pas trouvé. J'allais lui dire ça quand je vis Bob Brozman qui se faisait déposer par une camionnette sur la route. Il s'avança vers nous portant trois étuis sombres et un sac, et dit :

- Vieux Bill m'a prévenu que vous partiez aujourd'hui. J'ai décidé d'avoir la bougeotte : il paraît qu'on ne déteste pas ce genre de musique vers le sud. Alors si c'est sur votre route ...

Conrad et moi échangeâmes un regard, puis nous répondîmes que par un coup de chance, une coïncidence étonnante, oui, c'était sur notre route.

- La vie est bien faite, constata Bob en souriant, tandis que nous hochions la tête.

Vieux Bill nous avait offert une machine à écrire antique, ainsi qu'un bracelet indien pour Eileen et une pipe en écume de mer pour Conrad. Nous partîmes donc à cinq vers le sud, un peu plus chargés, un peu plus légers, ça dépendait qui.

Hauteurs du Tamalpais, 3h du matin

La montée était sinueuse, à peine éclairée par un croissant de lune, on avait l'impression de n'en pas finir et qu'après le sommet, le taxi continuerait à monter dans la nuit. Mais après un dernier virage, les phares du taxi débouchèrent sur une étendue de gravier. Conrad laissa glisser sur quelques mètres, coupa le contact, les phares, puis nous descendîmes. On devinait les arbres qui entouraient cette clairière abandonnée, la nuit était sans nuages. Levant les yeux, nous vîmes un tapis d'étoiles, comme si une multitude de tigres nous fixait dans le noir.

Lumineux et féroces.

Inaccessibles et calmes.

Conrad s'était dirigé vers ce qui semblait être une trouée dans les buissons, un début de sentier. Nous nous faufilâmes à la queue leu leu, environnés de feuillage chuintant, de feuilles luisant sous la lune comme des lames d'acier, et tous ces petits bruits (criquets craquement lapins lupin lutins) qui forment la rumeur de la nuit, auxquels se mêlaient nos pas furtifs, débonnaires, sensibles, amoureux.

Une ouverture dans les buissons nous révéla la baie tout en bas. Les lumières tremblotaient dans l'air nocturne, on voyait un phare qui clignotait tendrement au loin. Conrad s'arrêta, je sentais les ombres des pèlerins à côté de moi.

- C'est le moment d'avoir de grandes pensées. C'est le moment de pardonner au monde, dit Conrad.

Grande pensée (1)

L'homme n'a pas encore assez évolué. Aujourd'hui, dans nos villes, l'homme ne sait plus qui il est : de temps en temps, il est piéton, et maudit les voitures ; en d'autres temps, il est automobiliste, et maudit les piétons. Sans s'en rendre compte, l'homme souffre de cette double identité. En vérité, je vous le dis, il viendra un temps où tous les hommes seront des piétons, et tous les conducteurs de taxi seront bénis, et représenteront une caste à part. C'est comme cela que je vois ma mission : je contribue à améliorer le genre humain. Par le petit bout.

Grande pensée (2)

Pendant longtemps, je me suis cherché des symboles que je pourrais dessiner sur les murs, des héros dont je pourrais m'inspirer. J'y trouvais les justifications de mes actes passés, je découvrais (toujours après coup) que j'étais fataliste, ou hédoniste, ou stoïque, ou bouddhiste-zen-du-petit-véhicule, ou n'importe quelle étiquette pour peu qu'elle sonne bien. Aujourd'hui, j'ai trouvé mon école philosophique, mon karma à moi : je fais partie des gratteurs de tête. Et pas n'importe quelle tête, non les amis, la mienne. A chaque fois que l'on souhaite ardemment, passionnément, me convaincre, à chaque fois qu'on m'explique que ce monde est injuste ou mal fait, ou effroyable, et que c'était mieux avant, alors je baisse les yeux et je me gratte le sommet du crâne, et je dis « ben oui, ben oui » tout en pensant ben non ben non, ou bien je me dis que je n'en sais rien, j'admire la citerne d'incertitude que je représente. Je n'essaie pas de changer le monde, non, ça n'est pas pour moi, il y a des gens qui se font élire pour changer le monde, j'essaie juste de me dire que l'âge d'or n'est pas derrière nous, c'est maintenant.

Grande pensée (3)

J'aimerais tourner un film (ou écrire une histoire ou composer des chansons) où rien ne serait un problème : il n'y aurait pas de tristesse, pas de drame, juste des doutes, parce que le doute est moteur. Il n'y aurait pas de problème qui ne soit pas résoluble pour peu qu'on y mette un peu de bonne volonté, un peu d'amour des autres, un peu d'empathie. Je ne veux pas dire que je rêve à un monde futile, ou un monde idéal. Je souhaiterais démontrer, à travers un film (ou une histoire ou des chansons), que ce monde n'est pas si irréel que ça, et que nos vies sont essentiellement jalonnées de problèmes mineurs. Ces problèmes mineurs, il faut savoir les identifier, puis les regarder en face et leur dire « Non mon gars, tu ne m'inquiètes pas vraiment, tu n'es qu'un problème mineur » et le problème s'en irait tout penaud et voilà pour lui.

Bien sûr, il y a aussi, plus rarement qu'on ne le croit, des problèmes majeurs. Ceux-là, on ne peut pas les supprimer, de toute façon ils font partie de ce processus d'amélioration continue qu'on appelle nos vies, et c'est ainsi qu'il faut les accueillir.

Le titre du film ? Boh, c'est un problème mineur... On pourrait l'appeler « Réservoirs de bonheur », ou bien « Nous sommes tous des lacs de montagne », ou encore « Ne te casse pas la tête, Vieux ».

Grande pensée (4)

Il y a fort longtemps, j'ai décidé d'être un témoin. Aujourd'hui chacun veut être acteur, c'est la course pour briller plus que les autres, mais il n'y a plus vraiment de place sur scène, et il n'y a plus de spectateurs, ça déséquilibre tout, le monde n'est plus qu'un concert discordant de voix isolées. Quand j'ai décidé d'être témoin, c'était pour leur donner quelqu'un qui les écoute (ils en avaient tellement besoin), je voulais être le dernier spectateur.

Mais c'était aussi pour que quelqu'un se souvienne. C'est comme cela que je vois ma mission : je me souviens.

Grande pensée (5)

Par moments, de façon fugace, je me dis qu'on ne peut pas vivre avec autant d'insouciance que moi, et que les esprits chagrins, les fâcheux m'auront un jour au tournant. Je les vois arriver, traînant le fardeau de leurs défaites à venir, rien ne va, ils passent à côté de la vie, de toute façon, pour eux, c'est pas une vie, je les vois arriver avec émerveillement tant ils se démènent pour se compliquer, s'assombrir, se déliter, tandis que mon œil voltige par-dessus leur épaule, à l'affût d'un rayon de soleil sur les nuages. Ils m'expliquent pesamment qu'on ne peut pas vivre comme cela, qu'il faut être responsable et sourcilleux, alors je prends l'air sourcilleux pour une minute, hochant gravement la tête tout en pensant aux truites arc-en-ciel qu'on peut pêcher à la mouche, ou bien je me demande si le miel sera bon cette année, et quand je relève la tête, les fâcheux ont disparu dans une odeur de soufre, ou bien ils sont encore là à me regarder de leurs yeux globuleux, interrogateurs, si désireux de me convaincre.

Et j'essaie d'apaiser leurs angoisses en leur promettant que désormais, je sourirai moins, et ils s'en vont (un peu) rassérénés. C'est comme cela que je conçois mon rôle : aider ceux qui sont plus démunis que moi.

Cailloux blancs

Le guichetier nous regardait alternativement, Conrad et moi, l'air incrédule.

- Vous voulez prendre un train à partir d'ici ?

- Oui, a répondu Conrad, c'est ce que je fais habituellement dans une gare.

- et ... vous voulez embarquer votre taxi sur le train ?

- C'est bien une gare, non ?! Et il passe bien des trains par cette gare, non ?! Et sur ces trains, on peut embarquer des taxis, non ?! a grincé Conrad.

- ... ben, techniquement parlant, c'est une gare, vous avez raison ...

Conrad se tourna vers moi en faisant « Aaaaah, tu vois, petit, Monsieur est compétent, on est sauvés ».

- ... mais il n'y a qu'un train qui peut faire ça, je veux dire, il n'y a qu'un train qui s'arrête ici : c'est le Fantôme.

- C'est bon, a dit Conrad.

- Il passe ici juste avant l'aube, et après ça, il ne s'arrête plus pendant cinq cents miles ...

- Ça nous va, on vous dit, vous pouvez l'emballer.

- ... mais bon, c'est un peu spécial ...

Conrad l'a regardé d'un œil mauvais, a enfoncé sa casquette sur ses yeux. Le guichetier m'a jeté un coup d'œil éperdu, ses yeux clignotaient S.O.S. en morse, il m'appelait à l'aide, c'était manifeste.

Je souris, il me rendit mon sourire avec un rictus un peu nerveux, et je lui demandais gentiment :

- Les toilettes, c'est par où ?

- ... au fond à droite ...

Il m'a lancé un dernier regard suppliant tandis que je m'éloignais. Avant de quitter la salle, je vis Conrad qui s'était penché en avant, les doigts tambourinant un petit rythme sec sur le comptoir, les yeux dans les yeux avec le guichetier qui parlait nerveusement.

Comme je n'avais rien, mais alors rien à faire du tout aux toilettes, je sortis et m'assis sur les marchés en bois usé. Pourquoi donc avoir abandonné ce guichetier clignotant à la vindicte d'un Conrad grognon ? Pourquoi n'avoir point volé à son secours, afin qu'il me remerciât désormais chaque soir, en faisant sa prière au pied de son lit ? Parce que c'était pour son bien, la vie est faite de petits cailloux blancs que l'on se prend sur le nez, et d'abord je n'y peux rien.

Train Fantôme

Ce ne fut d'abord qu'un changement d'air dans la nuit, les grillons continuaient à crisser méthodiquement, au loin on entendait un chien rêveur qui aboyait. Puis les herbes folles commencèrent à chuinter doucement, la façade de la gare, les rails polis se mirent à bruire doucement sous la lune, les grillons s'arrêtèrent de crisser peu à peu, méthodiquement. Nous nous penchions à tour de rôle, scrutant la nuit dans la nuit, espérant un phare là-bas à l'est, tandis que le chuintement devenait murmure, le murmure évoluait en frôlement, un bruit de feuillage sur un toit, puis le souffle de l'océan, cela s'approchait et enflait comme une vague, et toujours rien, pas le moindre signe sur l'horizon violet. Dans l'aurore qui bleuissait le ciel, nous entendîmes alors une corne de brume, l'appel rauque d'un loup solitaire, comme un message pour les vivants et les morts, un message qui répéterait « Je suis le Fantôme, je fuis le soleil, j'arrive, je suis le Fantôme », répété à l'infini par le rythme des roues d'acier. Il n'y avait pas de phare, pas de lumières : c'était une masse sombre sur la nuit, un vaisseau charbonneux qui approchait sans contours clairs. Les rails cliquetaient, claquaient, et la façade de la gare renvoyait ces bruits métalliques en écho à la campagne environnante. On aurait dit des nains forgerons qui frappent en cadence le métal au sein d'une montagne solitaire, façonnant un métal maudit aux reflets bleutés.

Nous vîmes enfin le train. Il grossissait, s'approchait en crachant une fumée épaisse, et sa corne lugubre lâcha encore un avertissement qui fit trembler les vitres de la petite gare. Il y eut un crissement de métal, et des étincelles jaillirent le long des flancs du monstre tandis que les roues d'acier s'immobilisaient. Il glissa encore sur une dizaine de mètres, s'immobilisant enfin le long du quai dans un crachement de fumées lourdes comme du plomb. Le soleil n'était pas encore levé et nous restions immobiles, face à cette machine qui expirait puissamment dans la nuit.

A l'avant, du côté de la locomotive, une silhouette sortit de la brume, un homme vêtu d'un grand manteau noir, des lunettes de conducteur sur son visage de suie.

Train fantôme (2)

Le Solitaire avança vers nous, on ne voyait pas ses yeux derrière les épaisses lunettes de conducteur, il était grand et souple, le visage aminci par les vents ferroviaires. Il s'arrêta à côté d'un fourgon en bois et grimpa sur le marchepied pour débloquer la porte coulissante. Il la fit glisser et me fit signe, je le rejoignis et empoignai avec lui la lourde passerelle en bois, l'amenai juste devant la porte béante du fourgon. Alors il fit un hochement de tête vers Conrad, en désignant l'ouverture du pouce, toujours sans un mot. Conrad partit chercher son taxi.

Il nous indiqua un wagon à côté et je chargeai nos sacs dedans : des banquettes de cuir étaient installées tout du long, et l'intérieur du compartiment était tapissé de panneaux de bois et de parements en cuivre. Tandis que je déposai les sacs sur les porte-bagages, les phares du taxi balayèrent la paroi du train, allumant des reflets dorés dans le wagon. Dehors, le Solitaire guidait Conrad par gestes. Bientôt, le taxi fût embarqué dans le fourgon et la porte refermée.

Eileen tendit un petit cigare au Solitaire, il l'accepta d'un signe de tête, le mit dans sa poche de poitrine, puis d'un coup d'oeil, nous fit signe de monter. Nous ouvrîmes les fenêtres du côté du quai, tandis qu'il repartait vers la locomotive. On entendit le train craquer, expirer un coup, puis le convoi démarra doucement, tandis que derrière les carreaux de son bureau, le guichetier nous regardait partir et que la nuit fuyait avec nous.

Assis sur ce train

Malgré la vitesse du Fantôme, la nuit nous distança peu à peu et le soleil commença à établir ses droits sur ce train fantasmagorique. Nous voguions maintenant au milieu de champs de céréales, où de temps en temps un arbre solitaire figurait l'intrus. Quelques granges disséminées, une ou deux routes et à peine un nuage au ciel. Vers le milieu de la matinée, je secouai les dormeurs et nous sortîmes du compartiment : juste derrière, il y avait un wagon plate-forme sur laquelle on charge habituellement les moissonneuses ou les rouleaux-compresseurs. Étant le premier, j'inspectai longuement la plate-forme avant de m'avancer, des fois qu'un rouleau-compresseur camouflé s'y cacherait, prêt à bondir sur nous pour nous transformer en tortillas.

- La voie est libre, annonçai-je, et je sautai sur la plate-forme. Me retournant, je reçus Aline dans mes bras, puis Eileen, quant à Conrad et Bob, ils pouvaient bien se débrouiller tout seuls.

Installés en rond au soleil, nous commençâmes à déballer les victuailles, rien que des bonnes choses bénies par le soleil, pleines de lumière naturelle, des tomates rouges, des poivrons bien verts, craquant sous la dent, du pain blanc mousseux et léger, des tranches de jambon salé, un peu humide, du café dans un Thermos argenté, et du fromage, de la viande séchée, des fruits. Assis au soleil, à manger entre nous, sur un train qui continuait son chemin, coupant la campagne en deux jusqu'à l'horizon. Bob Brozman avait sorti une guitare métallique et sollicitait les cordes en fredonnant « Payoup, Payoup » ou « Tum dee dum dum » en rythme. Peu à peu, une mélodie émergea, reprenant le rythme débonnaire du train, une mélodie qui tangue et suit le mouvement des flots, c'était la chanson du bateau de rivière.

Union Station

Nous sommes arrivés au soleil couchant, le train ne reprenait sa magie qu'à la nuit tombée, quand le silence est descendu sur le monde. Le Solitaire est venu nous rejoindre tandis que Conrad finissait de charger nos bagages dans le taxi. Bob Brozman fredonnait doucement un air, à part ça le paysage était attentif alentour. Conrad revint vers nous, sortit un petit cigare de sa poche de poitrine, et le tendit au Solitaire.

- Merci, Solitaire, je suis content d'avoir parlé avec toi...

Le Solitaire prit le petit cigare en souriant d'un air entendu, ça oui, il comprenait la plaisanterie. Il donna une petite tape sur l'épaule de Conrad, nous fit un signe de tête, puis repartit vers sa chère locomotive, son grand manteau battant ses longues jambes.

Et nous ne le revîmes plus jamais.

Si tu passes un jour en Oklahoma

Conrad grattait le sol du pied, il nous regardait par en-dessous Aline et moi, visiblement il ne savait point par quoi commencer.

- on s'est dit ...

- (Aline) que vous aviez bien envie d'accompagner Bob Brozman ?

- ben oui et ...

- (moi) Vous voudriez faire un bout de chemin ensemble, comme des joueurs de blues aventureux, advienne que pourra ?

- ben oui, c'est à dire ...

- (Aline)... éventuellement vous occuper d'un bar ou d'une boutique de brocante d'instruments avec Bob et Eileen ? Enfin quelque chose qui tourne autour de la musique ?

- mais comment ...

- (moi) ... fait-on pour savoir tout ça ?

- ben oui, enfin ...

- (Aline et moi, souriant) Ça-se-lit-sur-ton-vi-sage !

- ... ?! ... Mmmgreumm... Pfffvisagenonmaispffff...

Aline l'a dépêtré de là :

- Allez Conrad, ne fais pas cette tête-là. Je vous laisse, je vais dire au revoir à Eileen...

Nous l'avons regardée tous les deux, Conrad fronçait le sourcil en la fixant, puis en me jetant des coups d'œil en coin.

- Qu'est-ce qu'elle a, la petite ?

- Je crois qu'elle n'a pas encore trouvé ce qu'elle cherche. Et ça n'est facile pour personne...

Conrad s'approcha de moi, m'attrapa par la nuque. Je me retrouvai face à son visage souriant, à ses yeux plantés dans les miens. Il me dit, en détachant bien ses mots :

- Un loup normalement constitué attrape sa proie une fois sur dix. Prétendrais-tu être meilleur que le loup ?

Puis il ajouta en grimaçant :

- Toi et moi, on a beau faire des efforts, on ne leur arrivera jamais à la cheville...

Je passai mon bras autour de ses épaules, ils allaient bientôt partir ensemble, je n'avais pas imaginé une fin comme celle-là. Ils allaient me manquer. Conrad se dégagea doucement, et se dirigea vers le petit groupe de pèlerins. Il se retourna :

- ... et quoi qu'il advienne, ajouta-t-il, bénis toujours le jour où tu l'as rencontrée.

Traces

Depuis que Conrad et Eileen nous avaient quittés, nous voyagions silencieusement, Aline rêvait à ces choses que je ne comprenais pas, que j'avais du mal à imaginer. Elle m'avait dit qu'elle ne savait pas très bien elle-même ce qui lui arrivait, elle continuait à chercher ... quoi ?

Un pickup nous avait pris en stop et nous roulions toute la journée, assis sur la plate-forme arrière, nos pensées s'effilochant dans le vent. Un matin, le pickup s'arrêta dans un village poussiéreux, il y avait un drugstore-librairie-limonadier où nous entrâmes en faisant sonner nos éperons.

(C'est une image).

Tandis que je commandais la limonade, Aline partit fureter dans les rayonnages, elle chantonnait en penchant la tête pour lire les titres, elle pianotait sur l'étagère en fredonnant « Toi t'es beau, toi t'es pas beau, toi t'es pas beau, toi t'es beau » et à chaque fois que le livre était beau, elle le sortait du rayonnage et le posait à côté d'elle sur l'étagère, ils s'empilaient sagement tandis qu'Aline faisait ses emplettes. Le drugstorien-libraire-limonadier la regardait avec des yeux un peu écarquillés, alors je lui expliquai :

- elle lit les livres comme un chat joue avec une ficelle.

Il me regarda en clignant des yeux derrière ses lunettes, Aline revenait vers nous en fredonnant et posait ses beaux livres sur le comptoir.

- Comment vous appelez-vous, Mademoiselle ? demanda le libraire en la regardant.

Par la porte entrouverte, on entendait les bruits de la petite rue, une radio qui crachotait une musique de la Louisiane quelque part dans une maison, un de ces airs qui viennent de si loin qu'on a l'impression qu'ils nous appartiennent à tous, qu'ils nous concernent tous, qu'ils parlent de la seule chose importante pour nous. Je me souviens, je l'avais entendu pour la première fois il y a fort longtemps, dans un petit village nommé Oak Grove, et j'avais été saisi par une impression de douceur et de tendresse, un apaisement tout simple, le sentiment que tout ce qui est important est à portée de la main. Depuis, je l'avais entendu de temps en temps, toujours avec une petite nostalgie attendrie, il me surprenait à des moments différents, avec des états d'esprit variés, et je me souvenais des mots du vieil homme qui me l'avait joué, cet air m'accompagnait, m'apaisait et me réchauffait, comme la présence d'une personne qui me serait en même temps semblable et complémentaire...

Je regardai le libraire-limonadier-drugstore :
- On l'appelle Magnolia, répondis-je.
Comme on lance une bouteille à la mer.

(avant)
Sautillons, sautillons

Il y a longtemps, quelques jours après que j'aie rencontré Aline, alors que je la connaissais encore peu, je devais la retrouver non loin de chez moi, il y avait un club de tennis à côté de la forêt et elle y jouait de temps en temps. Je laissai Libellule à l'entrée du petit chemin et me dirigeai vers le court n°3. J'avançais dans un couloir de verdure entre les courts et de temps en temps je jetais un coup d'œil dans la haie à droite, un coup d'œil à gauche, à travers le feuillage grillage on voyait des joueurs blancs sortis de la machine à laver et on entendait « Out ! », « Han ! », « Tiens mieux ton revers ! » ou bien simplement des rires.

Je m'acheminai donc benoîtement vers le court n°3, il était à une cinquantaine de mètres devant, quand soudain, jetant un coup d'œil distrait à droite, je ralentis, m'arrêtai, regardai franchement. L'homme se préparait à servir, il me faisait face tout au bout du court, faisant soigneusement rebondir la balle sur le terrain, se préparant à l'assaut. La jeune fille (jeune femme ?) me tournait le dos, attendait, bien campée sur ses jambettes qui dépassaient de sa jupette. Dans cette attitude, légèrement penchée en avant, immobile, elle semblait ne rien voir, ne rien entendre que le toc, toc, toc de la balle de tennis là-bas.

L'homme servit comme une brute, comme un vidangeur, il asséna son coup comme s'il avait voulu assommer un taureau avec sa raquette. Un éclair de jupette, un choc sourd et je vis la balle qui retournait à l'envoyeur avec autant de force tandis que la jeune fille (jeune femme ?) sautillait en attendant le coup suivant, elle était passée d'une immobilité totale à ce sautillement comme si elle était chargée à craquer d'énergie lumineuse, pleine d'impatience, de chaleur, de puissance, de volonté, prête à se battre et à y prendre du plaisir.

Pendant l'échange qui suivit, elle sautillait entre les coups, se replaçait rapidement, et puis elle partait d'un coup, plantait ses pieds fermement dans le sol et là, bien campée, le bras étendu, préparait son coup, dans lequel elle mettait toute cette énergie, ça faisait Pow ! et on voyait des étincelles dans ses cheveux qui flottaient librement. L'échange s'est terminé quand le vidangeur du fond du court a raté la balle d'un bon mètre, il avait la figure rouge et transpirait, et elle, pendant qu'il ramassait deux balles, elle attendait, immobile à nouveau, et puis tout a coup elle a sautillé sur place, comme ça, pour rien, pour évacuer le trop-plein, et je me suis dit « Dieu tout puissant, mais quelle vitalité ! Quelle vitalité ! » Elle piaffait sur place comme un jeune fauve entre deux combats et j'étais admiratif, j'aime voir ce genre de choses, il existe encore des gens vivants, ceux qui ont faim, soif, qui ont envie que tout arrive, qui poussent des « Oh ! », des « Ah ! » devant la beauté toujours renouvelée de la vie et qui débordent d'énergie vitale, qui la communiquent aux autres comme un brasier qui s'étend dans les âmes et les consume d'une jubilation sans fin. On ne peut pas être mortel quand on éprouve ça.

Je repris mon chemin après un dernier coup d'œil, elle me tournait toujours le dos, sérieuse, concentrée, sans avoir vu son visage je sentais qu'elle devait avoir une vraie beauté naturelle. Mais je balayai vite ce bouillonnement de pensées, là-bas, au bout, m'attendait Aline, et rien d'autre n'était important.

(avant)
Expectative

En poursuivant mon chemin, réduisant la distance qui me séparait de mon Aline, je méditais légèrement, les pensées s'écoulaient sous mon crâne avec un glissement sage, je pensais qu'Aline n'était pas comme ça, nous nous connaissions depuis quelques jours mais elle était douceur et apaisement, elle propageait une aura autour d'elle, on avait envie d'être gentil avec elle, ça faisait plaisir de lui faire plaisir. J'étais sûr qu'elle devait jouer au tennis différemment, tout en nuances, et puis elle n'aurait certainement pas un vidangeur pour partenaire, ça non. Plus j'y pensais, plus je me disais qu'Aline n'était pas du tout comme ça, mais que, néanmoins, elle semblait avoir une force intérieure qui ...

Je pensais souvent à Aline.

J'arrivai au court n°3, j'allais enfin avoir confirmation de mes pensées légères, j'allais voir comment elle jouait, j'étais sûr qu'elle était ... et peut-être un peu ...

Parfois, elle devait aussi ...

J'arrivai devant la porte grillagée du court, ouvris en souriant.

(avant)
Haïku du vide

　Aline n'était ni ..., ni ..., encore moins ...
　Aline n'était rien du tout, le court était vide, et je restais avec mon sourire figé, la main sur la poignée de porte grillagée, le court était vide, vide, vide, silencieux, le filet pendait au milieu, immobile.

　Feuilles mortes sur le gravier,
　Froissement dans la haie.
　Je marche dans mes pas.

(avant)
Grande Pensée ?

Je fis demi-tour, me sentant tout seul, j'entendais encore les mêmes cris, les mêmes rires, la vie continuait autour de moi, je me demandais si je l'avais perdue, si elle n'avait pas tout simplement disparu après m'avoir donné un peu de lumière.

Je marchais dans l'allée, tout gris tout triste, et repassai devant le court où j'avais vu cette jeune fille (jeune femme ?) qui rayonnait de vie et d'assurance. Je m'arrêtai, appuyai mon front sur le grillage, essayant de grappiller un peu de cette clarté avant de repartir. Elle me tournait toujours le dos, superbe et libre, et je l'enviai douloureusement. Puis elle se retourna vers moi, me vit, et me fit signe en souriant. C'était Aline.

Et je me suis dit ...

Pas plus qu'un autre

Je ne sais pas comment tourne le monde, je ne sais rien, j'ai souvent l'impression d'être né à la mauvaise époque, ou sur la mauvaise planète. Je ne sais pas prévoir les réactions de mes semblables et je m'en réjouis, cette part d'imprévisible me remplit de joie, pas plus qu'un autre je ne peux y faire.

Je ne sais pas grand-chose du monde, je vois des ambitions et des misères en chacun, et pas plus qu'un autre je n'ai trouvé le chemin.

Je ne suis qu'un arbre charrié sur un fleuve boueux, je m'en remets à ce flot qui m'emporte toute ma vie, je ne désire rien et j'accueille tout, chaque être humain m'apporte un nouveau bonheur, un nouvel enrichissement, une nouvelle incertitude.

Je ne suis sûr de rien, ni de mes actes, ni de mes renoncements.

Mais toujours,
de plus en plus,
pour des motifs futiles et grands,
sous le givre d'hiver et dans la touffeur de l'été,
sous le vent, les embruns et la brise,
sous ce ciel bleu et éternel,
éternellement changeant,
je sens, je pressens, je devine,
je vois dans les herbes sauvages,

ou sur les ailes des hérons,
ou dans les yeux des chats
que j'aime Aline.
Que j'aimerai toujours Aline.

Epilogue

Magnolia

But there comes a time in everybody's life
When you have to search for peace of mind

Tony Joe White

La chanson du bateau de rivière

Le matin quand je me réveille, sa place est vide à côté de moi. Je descends à la cuisine, la brume se lève à peine, la rivière est encore tranquille, glacée comme un miroir et transpercée çà et là par quelques roseaux pointus. Quand je descends vers la berge, j'entends un petit tchik, tchik, tchik, elle doit taper à la machine au grenier, écrivant son livre avec la fenêtre ouverte. L'herbe me chatouille les pieds, et que le ciel soit gris ou bleu, j'entends arriver le bateau du vieil homme, comme une horloge qui ferait Touk, Touk, Touk, Touk. Quelquefois je me suis fait un café, et je descends avec ma grande tasse serrée dans les mains, d'autres fois j'ai juste les poings au fond des poches, les yeux plissés à attendre l'apparition de son vieux bateau au tournant de la rivière.

Il passe chaque matin, pour aller pêcher plus bas, vers la mer, on se fait juste un signe, ça nous suffit pour la journée. J'aime bien le voir glisser doucement vers la mer. Il ne pourra rien m'arriver tant que le vieil homme passera chaque matin devant ma maison.

Paris-Québec-Vancouver-San Francisco-Paris,
Juin 1991 - Octobre 1994

14 poèmes pour Aline

I.

La douceur du repos
Mes doigts sur sa nuque
Blé noir et argile tiède

II.

La fenêtre du matin
Un éclat dans ses yeux
Grains de café

III.

La fenêtre du soir
Un éclat dans ses yeux
Elytres de grillon

IV.

Le matin frais
Sur la couette
Ses cheveux rêvent
Au vent de la moisson

V.

Torrent dans la montagne froide
Ruisseau le long du pré
Larme sous sa paupière

VI.

Tremble
La flamme de la lampe
Chante autour d'elle
Son ombre

VII.

Ses joues aujourd'hui
Fleurs de rosée dans la montagne

VIII.

Ses joues hier
Un bol de thé sous la tonnelle

IX.

Un étourneau s'ébroue
Dans la brume
Elle me dit Allons au jardin

X.

Une ombre sous ses yeux
Violette d'hiver
Sur nuit blanche

XI.

Battement des cils sur sa joue
Indolent
Comme la queue d'un tigre

XII.

Les yeux mi-clos
Dans son visage penché
Rêve d'une pluie de pétales

XIII.

Un jardin dans la montagne,
Sa chevelure pleine de fleurs,
Cascade de printemps

XIV.

Dans l'alcôve,
Sous les combles,
Sur le sentier de la rivière,
Je suis son parfum

www.christophethibierge.com

www.blogthib.com

Édition : BoD – Books on Demand, 12/14 rond-point des Champs-Élysées, 75008 Paris
Impression : BoD - Books on Demand, Norderstedt, Allemagne

ISBN : 9782322219049

Dépôt légal : Avril 2021